权威的企业学习理论、方法和工具
帮助企业培训经理明晰思路、高效工作

成就卓越的
培训经理

张诗信　秦俐　著

U0147539

Be An Excellent
Training Manager

机械工业出版社
CHINA MACHINE PRESS

本书清晰而又全面地解答了企业培训经理工作相关的几乎所有重大问题，包括：怎样理解企业学习及面临的问题，怎样理解培训经理的角色职责，如何进行培训需求分析和计划制订，如何管理培训项目和进行培训评估，如何培养与管理内部培训师，如何推动企业学习型组织的建设与发展等等。

全书所呈现的思想和方法具有极强的实践指导价值，可以说是企业培训经理不可不反复阅读的一本工作用书。阅读此书并加以实践，定能使您的专业工作能力得到全面提升，您所在的企业也必将因此而受益良多。

图书在版编目（CIP）数据

成就卓越的培训经理/张诗信，秦俐著．—北京：机械工业出版社，2011.6
ISBN 978-7-111-35131-3

Ⅰ．①成…　Ⅱ．①张…②秦…　Ⅲ．①企业管理—职业培训
Ⅳ．①F272.92

中国版本图书馆 CIP 数据核字（2011）第 121276 号

机械工业出版社（北京市百万庄大街22号　邮政编码100037）
责任编辑：谢欣新　　封面设计：吕凤英
责任印制：乔　宇
三河市宏达印刷有限公司印刷
2011 年 7 月第 1 版第 1 次印刷
169mm×239mm·14.75 印张·188 千字
标准书号：ISBN 978-7-111-35131-3
定价：32.80 元

凡购本书，如有缺页、倒页、脱页，由本社发行部调换
电话服务　　　　　　　　　　　网络服务
社服务中心：(010)88361066
销售一部：(010)68326294　　门户网：http://www.cmpbook.com
销售二部：(010)88379649　　教材网：http://www.cmpedu.com
读者购书热线：(010)88379203　　**封面无防伪标均为盗版**

谨以此书献给在企业中从事培训管理工作的人士

很高兴有机会在这里与大家分享一下我对培训学习的一些想法。

子曰：学而时习之，不亦说乎！有朋自远方来，不亦乐乎！可见学习及交流远在数千年前已为先圣认可并倡导为君子之道。今天的国内企业也已认识到学习及培训的重要性，正如本书所说，"所有的企业都已卷入到了学习的洪流中"。然而，仅仅有学习的热望是不够的，今天我们更需要知道的是如何有效地学习，如何致力于通过学习使企业产生持续的创造力，并继而更好地促进新的学习。

根据我自己以及帮助其他众多同学学习的经验，学而后"时习之"是很重要的。儿时记忆最深的李白"床前明月光"诗句，亦是因为老师用"唱游"的方式让各位小朋友乐于多番朗诵而成。我小学时已在英文学校寄宿，所有学科都用英文教学而中文并不怎么受重视。当时中国香港最风靡一时的是金庸先生的武侠小说，但这些课外书籍在我们学校是不允许随便看的，所以很多同学只知《书剑恩仇录》、《射雕英雄传》及《神雕侠侣》之名，但对其内容却不甚了解。而这些正是我的最爱，我就趁晚餐后在学校操场散步的机会给那些对武侠小说有兴趣的同学们讲述这些故事。来听故事的同学越来越多，而在这其中，交流和教学相长的机会大大提高了我对金庸武侠小说的认识，更大大提高了我对中国历史和文学的兴趣。

这些儿时的学习经验深刻地影响了我，并在阿里巴巴早期比较艰难的时候发挥了作用。互联网时代变化万千而且飞速发展，年轻的同学们虽然好学但对未来的变化难以预测。怎么办才可应变？后来的经验告诉大家学习中最重要的不是学习的内容而是懂得怎样学习。当初阿里巴巴企业文化"独孤九剑"中有"教学相长"及"开放"两剑，以及对"质量"一剑含有"今天最高的表现是明天最低的标准"这样的诠释，恰好就是给各位同学如何学习的一个不错的定位。

近几十年来中国的发展有目共睹，之前很多专家把我们所取得的巨大成绩"归功于"大量平价的劳动力，而忽略了其他方面的创新发展原因。其实，那些因为"学习"从而在最基本的层面上彻底改变数量巨大的群众的工作或生活习惯的创造，才正是为许多人忽视的中国特色的创新。而且这些"巨变"型创新在同一时间但不同空间上演，其中包括互联网应用、电信发展、零售革新、环保、能源、交通、基建等领域上的蜕变，创造了数不清的巨大的发展机会与能量。一个前所未见的"脑动力"的革命早已悄悄地在中国展开了。只要稍微留意一下每年进入中国的巨大风险投资金额就可以感受到这方面发展的狂热节奏。

在阿里巴巴工作时期，以及后来创办了 A&K 咨询顾问公司以后，有机会跟很多同学，包括中小企业老板、新兴创业者、管理层及一线员工们讨论管理和领导力的问题。依我看来，最成功的领导者就是那些"让所有人抢着帮您做"的老板。这些老板懂得把握公司发展的策略并懂得创造公司文化，鼓舞公司每一位同学在不断自我学习和自我发展，并且在不断推陈出新中给公司带来"巨变"式的发展。这也是本书希望促使企业管理者们达到的境界。

在这个百年一遇的"巨变"创新机缘中，我们是不可能预测每一个变化的，而我们唯一可以确定的就是"永远不变的就是变化"！我们今天学习到的技能明天很可能会失效，我们今天珍而重之的"招数"明天很可能不堪一击，我们今天奉为金科玉律的学说很可能明天不再适用。所以，我们更要学习的就是如何学习，如何思考，如何分辨事理的真谛。本书正秉承这一宗旨的专业工作，希望通过本书的内容，为从事企业学习的朋友们廓清概念，指明方向；也为企业管理者们提供"如何学习"的有效方法。

另作打油诗一首，与大家分享：

> 淘沙还凭浪不停，
>
> 课余时习辩更精。
>
> 学无前后师为达，
>
> 堂前诸子尽雄兵。

Savio Kwan（关明生）

序作者关明生（Savio Kwan）先生在国际企业管理领域有 30 年的丰富经验，曾在财富 500 强公司 GE（通用电气公司）及 BRT PLC（英维思集团前身之一）工作多年并历任要职。在销售、市场营销、企业运营、业务开发、建设合资企业方面卓有建树。2001 年，正值互联网发展的严冬之际，刚从 GE 功成退休的关明生先生被猎头推荐给马云，关先生被马云的天下所吸引，出任阿里巴巴首席运营官（COO）一职，同 CEO 马云并肩作战，在阿里巴巴发展史上留下了浓重的一笔，演绎了一段策略和执行、领袖和管理绝妙结合的佳话。帮助阿里巴巴从一个 150 多名员工，每月烧钱率达到 200 万美元的网络创业公司发展成为世界上最大的超过 2500 名员工、每月现金盈余 500 万美元的 B2B 电子商务企业。2005 年关明生退休后任阿里巴巴公司非执行独立董事和资深顾问。关先生在任期间非常重视经理人的学习和发展，培养了大批优秀卓越的年轻主管，并创办了阿里学院。退休后和他的合伙人区文中先生共同创办了"文明咨询"（A&K），致力于中国新兴企业的管理咨询和发展。

关 于 本 书

这是一本特地写给企业培训经理们看的书。这里所指的培训经理，是泛指在各类企业组织中担任培训和学习管理实务工作的所有人士。

几乎每一家销售额在 1000 万元以上的企业都有专门负责培训和学习工作的人员，企业的规模越大，负责培训和学习工作的人员越多。最保守的估计，全国范围内的企业培训经理在 40 万人以上。

面对这样一个庞大的职业群体及其背后存在的企业对员工学习所寄予的热望，有一些问题令我们百思不得其解：国内有那么多的大学，却没有一所大学专门设立培养培训经理的专业，关于员工学习与成长的内容仅仅只是作为人力资源专业教材中的一个单元；国内有数万家大大小小的培训公司，每一家培训公司都在倡导帮助企业有效学习，却很少有培训公司愿意在理论和方法上给培训经理们以全面的工作和职业指引；国内每年有两万多种经管类新书面市，却少有专门写给培训经理们看的图书。然而，正是这些问题的存在，却促成了本书的创作。

本书是理论研究和培训实践相结合的产物，也是淘课企业学习研究院成立后的第一本专著。希望本书对培训经理们的工作和职业发展具有帮助或启示作用，也希望本书对促进企业学习理论的发展，使大量的培训公司更有效地服务于工商企业具有一定的积极意义。

在此，我们要特别对 2009 年以来参加过淘课主办的《培训培训经理》（TTM）系列课程的众多的企业培训经理们表示感谢。他们在参与学习的过程中，不仅给我们带来了大量的企业学习方面的经验素材，而且他们关心的问题对我们形成了反复和强烈的思想冲击，这对丰富本书的理论观点和实践方法起到了积极的作用。

同时，还要感谢我们的同事吴端子老师，她是企业培训评估方面的专家，她对本书的修改提出了宝贵的意见和建议。

张诗信　秦　俐

目　录

序

关于本书

第一章　企业学习的动因与问题 …………………………………… 1

　　第一节　企业学习的动因 …………………………………… 3

　　第二节　认识"学习归零"现象 …………………………… 7

　　第三节　企业知识和技能的四个来源 …………………… 13

　　第四节　靠谁来推动企业学习 …………………………… 21

第二章　培训经理的角色和挑战 ………………………………… 27

　　第一节　职业的产生 ……………………………………… 29

　　第二节　职务的角色 ……………………………………… 33

　　第三节　职业的前景 ……………………………………… 38

　　第四节　面临的挑战 ……………………………………… 44

　　第五节　需要的职业精神 ………………………………… 52

　　第六节　需要的专业能力 ………………………………… 58

第三章　培训需求分析 …………………………………………… 61

　　第一节　可供选择的分析方法 …………………………… 63

　　第二节　实践中常用的四种分析方法 …………………… 69

　　第三节　"五基"培训需求分析法 ……………………… 76

第四章　培训计划制订 ·· 85

第一节　培训计划书的内容结构 ···················· 87

第二节　定义学习方式 ······························· 94

第三节　预算不足的解决办法 ······················ 104

第四节　一个重要误区 ······························· 109

第五章　培训项目管理 ·· 113

第一节　培训项目分类 ······························· 115

第二节　培训项目管理的内容 ······················ 121

第三节　外部培训师的选择 ·························· 132

第六章　培训评估与绩效认同 ·· 143

第一节　评估的意义、目的和类型 ·················· 145

第二节　柯氏四级评估模型 ·························· 150

第三节　评估方案设计 ······························· 154

第四节　过程绩效呈现 ······························· 159

第七章　内部培训师的培养与管理 ·································· 167

第一节　内部培训师的价值 ·························· 169

第二节　内部培训师的发展模式 ···················· 178

第三节　内部培训师的培养方法 ···················· 186

第四节　运用四项激励策略 ·························· 194

第八章　学习型组织的实践路径 ···································· 199

第一节　学习型组织的概念与含义 ·················· 201

第二节　学习型组织的两块基石 ···················· 207

第三节　实践"结果导向的个人学习" ·············· 212

第四节　实践"结果导向的组织学习" ·············· 217

参考文献 ·· 226

第一章
企业学习的动因与问题

　　所有的企业都已卷入到了学习的洪流中——为了在竞争中获胜或不至于失败，企业不得不竞相学习。问题是，当企业竞相学习时，学习的效果便必然会打折扣。在这种情况下，明智的选择只能是更快速和更有效地学习。然而，如何才能做到更快速和更有效地学习呢？这一直是一个未解的问题。

本章目录

☆ 企业学习的动因

☆ 认识"学习归零"现象

☆ 企业知识和技能的四个来源

☆ 靠谁来推动企业学习

本章将围绕企业究竟为什么要学习、企业知识和技能的来源、谁来推动企业学习等基础理论问题而展开讨论，目的是让培训经理朋友们首先从宏观和根本上了解企业学习所涉及的一些核心问题，进而理解自身的使命和职责所在，并启示他们作出必要的工作检视和反思。

第一节 企业学习的动因

严格说来，"企业学习"是不能与"企业培训"画等号的，正如"禽"不等于"鸡"。但是，在许多时候，这两个词汇在人们使用的过程中往往被混淆了。本书的主体部分（第三章至第七章）要讨论的是企业培训相关问题（它是企业学习的重要组成部分，而不是全部），但是在本节里，我们将更多从培训的角度来谈企业学习，这种把"鸡"暂时叫做"禽"的处理方式是为随后章节服务的。我们最终希望企业培训经理能够全面地推动企业学习或者说通过创造性工作使企业学习涵盖更广泛的内容。

2003 年以前，在少数率先做培训的企业高管的观念里及口头上，是把培训当做企业给予员工的福利来看待的。此后，随着越来越多的企业开始尝试做培训，更主要的是随着人们对培训的作用和意义的认识不断加深，"培训是福利"之说逐渐退出"历史舞台"，取而代之的一个词汇叫"提高能力"，并且这一词汇一直沿用至今。在大多数时候，这一词汇所包含的意思是，培训是企业用来提高自身的市场竞争能力的，同时培训可以提高员工个人职业发展能力。

◎ 关于"培训是福利"

早期企业界将培训视为企业给予员工的福利，首先反映出的是企业认识上的肤浅。企业培训是"舶来品"，是西方著名跨国公司创造出来的。当时的中国企业普遍以西方著名跨国公司为标杆，只要来自西方跨国公司实践过的经验，都会被认为是好的东西，甚至被刻意包装出来的貌似西方著名跨国公司的东西，也被认为是好的。于是，在进入中国市场的西方跨国公司普遍重视培训的情况下，国内赢利状况好的大企业也开始做培训了。那些率先做培训的国内大企业之所以将培训视为企业给予员工的福利，所基于的思维逻辑是：既然只有跨国公司才给员工做培训，我们给员工做培训就等于是让员工享受了与跨国公司员工一样的待遇，所以培训是企业给予员工的福利。

"培训是福利"之说其实还反映出了当时的企业做培训的心理不无"虚伪"的一面。企业做培训，在客观上的确对员工有好处，比如所学的知识和技能可以为员工长期的职业发展带来积极效应。但是，企业做培训首先并不是为了员工，而是为企业自身发展服务的，因为提高员工的能力就是提高企业自身的能力。即便仅仅将培训作为给予员工的福利，这一给予的动机也是服务于激发员工工作热情、留住人才和吸引人才的目的。如果仅仅是为了给予员工福利，企业出钱让员工自由选择学习内容和方式似乎更为直接。事实上，企业基于自身的实际需要，有选择地安排学习方式和内容，本身隐含了企业的目的性。

当然，人类对任何事物的认识都有一个由浅入深、由表及里、由局部到全面的过程。我们情愿认为，中国企业早期对员工培训的理解虽显幼稚，但却符合一般事物的发展规律。

◎关于"提高能力"

当越来越多的企业开始认识到做培训是为了提高能力，而不是仅仅给予员工福利时，培训的作用和意义才真正开始显现。

企业的本质目的是逐利，或者说是追求持续赢利。围绕这一根本目的，所有的企业在客观上都需要建立和不断强化它的两种能力：一是竞争能力（经营能力），二是组织效率（管理能力）。如图1-1所示。

竞争能力　由于任何一个行业或专业市场都存在许多竞争者，企业用特定的产品或服务来满足市场（特定的消费者或用户）的过程，在极

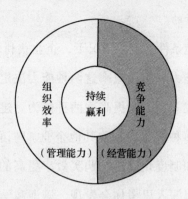

图 1-1　企业学习的根本目的

大程度上是基于竞争对手的市场策略而作出的正向或反向策略选择。比如，诺基亚 1997 年在中国市场推出了一款型号为 5110 的低价手机，这款手机为诺基亚在中国手机市场迅速超越摩托罗拉和爱立信立下了汗马功劳，具有里程碑意义。诺基亚这款手机的推出，一方面是为了满足中国消费者对低价手机的需求，另一方面也是用来打击摩托罗拉和爱立信的。假定摩托罗拉和爱立信投放到市场上的也有类似性价比的手机，则诺基亚很可能会采取其他产品策略予以应对。这一举例仅仅意在表明，任何一家处在市场化条件下的企业追求赢利的过程在极大程度上也是与同行企业"抢饭吃"的过程。在这个过程中，高能者多食，低能者少食。所有的企业都明白，要想"多食"，就得提高"抢食"的能力，也即是提高竞争能力。在现实中，竞争能力涉及的内容十分广泛，包括产品竞争力、价格竞争力、品牌竞争力、渠道竞争力、人才竞争力等等。

组织效率　企业的外部竞争力在相当程度上来源于内部的管理能力，也即是组织运营管理效率（简称"组织效率"）。一个企业的组织效率包括：资金的投入产出效率，人力资源的投入产出效率，生产资料的设施利用率，整合外部资源的能力等等。而在影响组织效率的若干因素中，人是起决定性作用的因素。因此，提高组织效率的关键点在于人。于是我们看到，所谓管理、所谓培训、所谓企业文化、所谓企业制度等等，无不是围绕人来展开的。

因为在外部环境条件一定的情况下，企业获利多少、能否长久获利，均是由企业的竞争能力和组织效率这两种能力决定的，因而企业要想生存和发展，就需要建立和不断提高这两种能力。建立和提高竞争能力与组织效率的途径有多种，比如收购其他企业、聘请能人、加强企业文化建设、加强组织化和制度化管理、购买效率更高的设备和工具、整合利用社会资源等等。但深入思考你会发现，培训和学习是贯穿于所有要素的一个核心要素，因为所有这些要素都需要通过学习才能获得或掌握。

◎培训的"副产品"

无论是在主观上还是在客观上，企业做培训的直接目的都是为了提高企业的竞争能力和企业的组织效率，最终目的是为了持续赢利。但是在客观上，由于企业培训是通过增加员工的知识和技能来实现企业的目的，员工知识和技能的增加，一方面提高了企业竞争能力和组织效率，另一方面也为员工个人的职业发展提供了条件。

通过参与企业组织的培训或学习活动，员工的知识和技能增加了，意味着员工素质和工作能力得到了提高，而员工素质和工作能力的提高将从两个方面为员工个人带来好处：一是在企业内部获得更好的发展机会，二是在企业外部获得更多的发展机会。当然，企业并不希望看到后一种情况，但不能阻止其发生，成熟的企业也不会因为后一种情况的可能发生而不进行员工培训。

但是，这并不意味着企业培训在本质上具有福利性质。即便有企业开办诸如《杨氏太极》、《魅力声音》、《弟子规》这样的与本职工作并不直接关联的课程，也是为了宣导企业文化、留住人才和吸引人才。虽然在客观上这类培训的确具有一定的福利性质。

> **本节核心观点**
>
> 企业做培训的根本目的是为了提高企业的竞争能力和企业的组织效率，最终目的是为了持续赢利。

第二节 认识"学习归零"现象

任何一个行业都是由个别或少数具有"先知先觉"能力的个人或组织开创的。当开创者在那个行业获得好处时，就会出现一批跟进者或模仿者。当人们普遍看到那些开创者、跟进者或模仿者均获得了较好的回报时，便会有更多的组织和个人进入到这个行业中来参与竞争，并且逐渐抑或是快速将这个行业的竞争态势推向白热化。汽车业、电脑业、电信业、手机业、移动通信服务业、理财业、出版业、广告业、保险业、物流业等等，无不如此。

企业培训也呈现了类似的发展趋势：1996 年以前，主要是在中国市场耕耘的西方跨国公司在做培训，后来那些以西方跨国公司为标杆的一部分国内大中型企业加入到企业培训的阵营中来。2000 年以后，国内大量的中小企业也开始做培训了，而且几乎每一家企业用于培训的经费都在逐年增加。这是一种可喜而又值得深思的现象与问题。可喜之处在于，越来越多的企业越来越重视培训，这意味着中国企业将因不断学习而不断进步。值得深思的问题在于，当企业竞相学习时会出现什么后果呢?!

我们的研究结论是，当众多的企业以相似的饱满热情和干劲投入到学习竞赛中时，一个问题便产生了：与自己的过去做纵向比较，企业在学习中不断取得进步，但由于竞争对手也在不断地学习和进步，因而横向比较大家又处在"同一起跑线"上。于是，为了在下一阶段的竞争中胜出或不被淘汰，大家又以更大的热情和干劲投入到学习的竞赛中。随后的阶段性结果显示，虽然自己的企业继续因学习而不断进步，但由于竞争者也在继续学习和进步，大家又处在了"同一起点"上……这便出现了一种我们称之为"学习归零"的现象。它是人类社会虽然不断进步，但人的压力感却越来越大、幸福感越来越少的深刻原因之一。

现在我们就来分析这一现象，目的是让培训经理朋友们意识到在他们主导企业培训工作的过程中，通过不断创新，以使企业员工更快速和更有效地学习有多么重要，并且使他们意识到作为企业学习的推动者，他们肩上的责任有多么重大。

◎ "学习归零" 现象

我们需要通过一个举例来迅速了解"学习归零"现象：

某一个城市有一个"中学生短跑俱乐部"，该俱乐部长期保有十名短跑队员，他们都是从这个城市各中学里选拔出来的短跑运动尖子。在一个特定的时间段里，由于这 10 名队员中的每一位都没有请专业教练，而仅仅是在本学校的体育教师的指导下进行训练和比赛，他们百米赛的成绩都在 12 秒至 14 秒之间。忽然有一天，一位百米赛成绩经常性保持在 13 秒左右的队员决定为自己请一位专业短跑教练。在专业教练的指导下，这位队员的百米赛成绩从 13 秒迅速提高到 11.5 秒，以至于他在随后的两次比赛中每一次都拿到了金牌。在这种情况下，有 5 名队员也开始聘请专业教练指导自己的训练和比赛，之后他们的成绩也因为请了专业教练而提高了 1.5 秒。剩下的 4 位没有请专业教练的队员开始感到有危机了，于是他们也分别聘请了专业教练，他们的成绩也因聘请了专业教练而提高了 1.5 秒。至此，全部 10 名队员都请了专业教练，并且成绩都提高了 1.5 秒。于是，在他们身上发生了"学习归零效应"：纵向比较，他们每一个人都因为聘请了专业教练，使自己的百米赛成绩提高了 1.5 秒（一个很大的进步），但横向比较，他们却又回到了相同的起跑线上。

尽管在上述聘请专业教练的过程中，一个时间段总的学习效果表现为"零"，但是在此过程中，率先聘请专业教练的那一名队员显然从他的率先行动中获得了相对较大的回报——因为率先聘请专业教练而两次获得了金牌。第一批跟进聘请专业教练的队员也阶段性地获得了一定的成绩，比如在这个过程中，他们的成绩进步幅度优于另外4位没有及时聘请专业教练的队员。很显然，最后才聘请专业教练的4位队员，由于他们没有率先和及时聘请专业教练，他们曾出现了阶段性的相对成绩落后。在上述10名队员的成绩均在过去的基础上提高了1.5秒以后，会出现什么局面呢？可以预见的局面是：每一位队员要想在下一轮的比赛中出好成绩或者不被淘汰，必然会选择聘请更好的教练、使用更好的训练设施、采用更先进的训练方法、投入更多的训练时间。这意味着他们的学习需求会出现"倍增"趋势。所以，纵向比较大家都因此而在不断进步，但横向比较大家一致努力的结果可能再次使他们回到同一起跑线——"学习归零"。如图1-2。

图1-2　"学习归零"效应示意图

在持续训练和比赛中，有一种可能性会出现，即少数队员会因为成绩进步幅度较小而持续落后，以至于最终退出比赛。但这并不会降低留下来的队员学习和训练的强度。因为，有人退出就会有新人加盟进来，他们同样面临着竞争。更大的压力还在于"长江后浪推前浪，一代更比一代强"：一方面，新加入的队员虽然一开始的成绩比不上老队员，但是他们有潜力超越老队员；另一方面，老队员虽然阶段性成绩好于新队员，但由于其渐"老"，必然会被新队员超越。在这个意义上，新队员会千方百计地赶上老队员，老队员会竭尽全力地保住已有的成绩。换言之，训练的高强度还在持续，甚至于不断增加。再说退出比赛的队员们，虽然他们退出了"中学生短跑俱乐部"的训练和比赛，但是他们回到他们的学校以后，他们又将重新参与另一场相似的竞赛——与其他学生一样在学习和升学的跑道上进行持续的"归零"大比拼。

还有一种可能，就是在上述过程中，少数个人条件优越的队员由于聘请了更好的教练，使得他们的成绩一路领先，其他队员无法超越。然而，这不意味着他们已经超越了"归零定律"，因为如果是这样，他们将面临与其他城市的短跑高手进行比赛——另一个层面的"学习归零"。而如果他们在与其他城市的高手过招中继续一路领先，他们又将面临与其他国家的短跑高手比赛——又一个层面的"学习归零"。即便他们最终获得了世界冠军，他们也必然总有一天会因为逐渐变"老"而被新的短跑高手赶上——终极层面的"学习归零"。

总而言之，在这个持续不断的"归零"过程中，队员们的学习和训练的强度将会不断加大。因为参与竞争的每一个队员都在不断面临着更高"级别"的竞争，要想在随后更激烈的竞争中取胜或不被淘汰，只有一种选择，就是更刻苦、更科学地训练。

◎对企业的启示

相信读者已经看出，上述"学习归零"现象中的"零"不是数学上的那个"0"，而是特指在存在竞争的状况下，个人因学习而产生的进步只是相对于自己的过去而言的，与竞争者比较可能并没有真正进步。

企业界也存在与上述短跑运动队员之间几乎完全一样的学习竞赛：

少数率先学习的企业有了进步以后，会激励其他企业也积极投入到学习中来，由于大家都在积极地学习，虽然纵向比较，每一个参与学习的企业都进步了，但由于大家都在进步，竞争依然激烈——"学习归零"。在这种情况下，为了在下一轮的竞赛中获胜或不被淘汰，每一家企业只能选择更快、更多和更好地学习，于是竞争更加激烈——"学习归零"。虽然在此过程中，个别企业会因为不善于学习而被淘汰出局或丧失比赛资格，但这不会降低还在"局"中的企业继续学习的强度，因为可能出现新的更有潜力超越的竞争者，即便那些出局的企业也必然要在另一个层面与另外的企业进行新的竞争。即便某个企业因为更快和更好地学习而遥遥领先于它的同行，但壮大了的它又会不断面临新的重量级的竞争对手。即便一个企业成为了巨无霸，它也可能会衰老——因躯体庞大或机体老化而变得不能适应新的环境。

"学习归零"现象对所有的企业都构成了以下五点具体启示：

（1）每一个企业都应该认识到，在与自己构成了竞争关系的企业都在一致学习的情况下，必会出现"纵向比较进步，横向比较'归零'"效应。这意味着，所有的企业都应该有危机意识，即所有的企业都有必要意识到，重视员工学习可以使本企业不断进步，但由于你的竞争对手也在重视员工学习，因而在未来的市场竞争中，你不可以对员工学习有丝毫的放松。

（2）每一个企业都应该认识到，在与自己构成竞争关系的企业都还没有意识到要学习某一种知识或技能的情况下，率先学习那种知识或技能的企业可以获得阶段性的竞争优势或领先（在一定的条件下可以转化为下一阶段的竞争优势）。因而，一旦发现有用的新知识和新技能应及时学习。比如率先掌握外贸知识的国内家电企业在与其他国内企业竞争国际市场时必然会技高一筹。但是，率先学习虽然可以建立阶段性优势，但并不能保证能够持续进步，因为当跟进的竞争对手更善于学习时，率先学习者所建立的优势可能会很快消失。

（3）每一个企业都应该认识到，在与自己构成了竞争关系的企业进行学习竞赛的过程中，无论你是阶段性的成功者还是阶段性的失败者，都应该继续努力学习。对于阶段性的成功者而言，虽然你一时打败了竞争者，但要知道一定还有新的竞争者以不同的方式加入进来，并且它们往往更具有超越你的潜力。比如，一家公司由于掌握了某技术，使得它在竞争中暂时得以领先，但是不保证某一天会出现一家有能力打败它的新公司。对于在竞争中的败北者而言，虽然它可能没有机会与过去的对手继续竞争，但它依然还将面临着竞争。比如，一家企业在国际市场上被跨国公司打败而退回到国内市场以后，它还将面临着如何与国内企业竞争的问题。

（4）每一个企业都应该认识到，即便你在与自己构成竞争关系的企业进行学习竞赛的过程中一路领先或超越，也不能沾沾自喜。因为"山外有山，人外有人"，当你超越了一个层级的竞争对手以后，必将又会遇到另一个层级的更有实力的竞争者。比如，一家在与国内同行竞争中遥遥领先的企业马上就会面临如何与国际大公司竞争的问题。即便某些企业能够保持领先，最终它也可能会面临着因为"老化"而不得不退出历史舞台的问题。通用汽车一度是汽车业的巨无霸，但正是因为其大，当2008年的全球性金融危机到来之后，它一度走到了死亡的边缘；国内众多有着百年以上历史的"老字号"的消亡，也无不是受此规律支配的结果。

（5）每一个企业都应该认识到，当所有的企业都意识到学习的重要性并在努力通过学习以求超越竞争对手或保持不败时，所有的竞争在一定意义上都会变成学习的竞争，而且这种学习的竞争强度必会不断增加。面对这一规律，任何试图松懈学习的企业，必将会在未来的某一时刻败下阵来……

精彩回放

> "归零现象"启示：为了在下一轮的竞赛中获胜或不被淘汰，每一家企业只能选择更快、更多和更有效地学习。

第三节　企业知识和技能的四个来源

针对上一节所揭示的"学习归零"现象，我们虽然给出了企业应该"坚持学习"、"更快速和更有效地学习"的观点，却并没有告知企业究竟应该怎么学习才能保持在企业间的学习竞赛过程中领先。现在我们就来讨论这一问题，随后各章也可视为对这一问题的进一步分专题讨论。

企业要想找到有效应对"学习归零"现象的方法，需要首先了解企业知识和技能的来源，在分析了企业知识和技能的来源以后，才有可能按图索骥地找到企业更高效地学习的路径和方法。

本节将要提出的"企业知识和技能的四个来源"是我们的首创观点，或可称之为发现。它揭示了企业获取知识和技能的一般过程，并指明了企业有效学习的方向。培训经理朋友们了解了企业知识和技能的四个来源，其工作任务也就跃然到了眼前。在本书的最后一章中，我们还将基于此观点，进一步建议企业通过"结果导向的个人学习"和"结果导向的组织学习"来创建真正意义上的学习型组织。

◎企业知识和技能的四个来源

我们认为，企业的知识和技能有四个来源：员工个人经验和学习、员工个人创造和传播、企业组织经验和学习、企业组织创造和传播（见图1-3）。它们的不断复合和沉积，便构成了企业不断积累的知识和技能

（能力）。

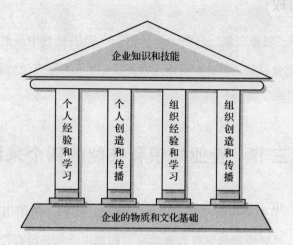

图 1-3　企业知识和技能的四个来源

1. 员工个人经验和学习

每一位员工（无论是刚刚参加工作的大学毕业生，还是拥有丰富经验的管理人员）在进入一家企业之前已经拥有了特定方面的知识和技能。他们个人脑海中的知识和技能是他们过去通过各种各样的途径学习得来的，比如看书学到的、看电视学到的、学校老师教给的、父母教给的、在过去的工作中学到的、在上街购物的过程中观察到的、上网学到的等等。

当一位员工来到一家企业工作时，他也就（至少部分地）向这家企业贡献了他过去的经验和学习成果。当他过去的经验和学习成果在这家企业被派上用场时，他过去的一部分的经验和学习成果也就转化成了企业的知识和技能。

我们举例来说明：王伟是某大型零售公司的广告部主管，他在加盟该公司之前有 5 年担任某著名报社记者和编辑的工作经验，他不仅善于策划新闻，善于撰写文章，还与国内的许多地方政府部门、行业协会和新闻媒体有着良好的关系。他来到这家零售公司工作以后，便利用他过去的经验、知识和人际关系策划和实施了一系列公关宣传活动，每一次公关宣传活动都做得既有声有色，又为公司节省了大量的宣传费用。毫无疑问，李伟个人过去的经验、学习成果和人际关系成为了他现在所在公司的能力的一部分。

所有的企业都对这一知识和技能的来源有一定程度的知晓，以至于每一家企业招聘人才的行为背后都或多或少地隐含了获取人才的经验和知识的目的。即便企业招聘人才的对象是应届毕业生也具有相似的目的。现实中大量的中小企业通常并不是通过培训来获得知识和技能，而是通过招聘员工来获得企业所需要的知识和技能的。即便是那些能力非凡的一流跨国公司，它们的知识和技能中的一部分也是通过获取外部人才而得来的。

员工个人的经验还在持续的个人学习中不断积累，并且几乎是随时随地、每时每刻都在发生。他们任何的因个人学习而导致的知识和技能的变化，都可能是企业的知识和技能的变化。根据世界著名的研究学习问题的学者 Jay Cross 的调查显示，员工从个人学习（他称为"非正式学习"）中所学的知识和技能占总量的80%，剩下的20%才是通过有组织的学习得到的。如表1所示。

表1　员工个人学习的特点

项　目	学　习　方　式
学习地点	无固定地点。如：办公室、咖啡厅、家中、户外、交通工具上等
学习时间	无固定时间。随时开始、随时结束、不知不觉，时间弹性大
学习参与者	不一定有具体的指导者，传播知识和技能的也不一定是人；学习者既可能主导学习过程，也可能被承袭的环境所主导；既可能是单向的学习，也可能是互动学习
学习过程管理	计划性和系统性弱，有时的学习是在完全无意识状态下进行的
学习目标	多数情况下没有明确的学习目标
单位时间学习效率	因学习的内容和形式而有所不同
举例	学习打领带、学习做一道菜、与同事交流如何跟客户沟通、向同事讨教如何填写报销单据、上网搜索如何找快递公司等

由表1可见，员工个人学习几乎无时无地不在发生。在有组织的学习还没有广泛地被企业采用之前，员工主要是通过个人学习而获得与工作相关的知识和技能的。即便在有组织的学习已经十分普遍的今天，企业中许多岗位的员工也是通过个人学习而获得工作知识和技能的。比如，在大量中小企业的销售部门，新员工不经过培训便被投入到工作岗位上，几个月以后，这些未经培训的新员工中的一部分也能成长为合格的销售人员。

2. 员工个人创造和传播

一位销售经理通过个人的销售实践探索，找到了一种有效地与客户交易的方法，这便是员工个人创造知识的过程。当一个员工创造了新的知识，被其他员工观察和学习，或他主动教给其他员工，或被组织认可后在企业内的特定团队中推广，这个过程就是个体创造和传播知识与技能的过程，也是企业知识和技能增加的过程。

每一个企业的员工都在这样或那样地创造新的知识和技能，每一个企业的员工都有创造和传播知识与技能的潜力。但是在现实中，显然有的企业员工在这方面做得更出色一些。通过对一些案例进行分析我们注意到，那些在员工个人创造和传播知识与技能方面做得出色的企业，往往是因为企业出台了鼓励员工创新的措施。日本的丰田公司、松下公司，中国台湾的台塑公司都是著名的员工乐于创新和善于创新的公司，这些公司的员工之所以乐于创新和能够创新，是因为企业在鼓励他们这么做。与之相反，现实中更多企业的员工虽然具有同样创造新知识和新技能的潜力，但是他们的创新精神没有被有意识地激发，充其量只是处在自发状态。

无论如何，来自员工个体的知识和技能创造在每一个企业中都在发生着。一位女职员曾是一家位于深圳的管理顾问公司的前台文员。公司成立之时，并无采购机票、办公用品、饮用水等方面的经验，也不知道找谁为公司设计和印刷宣传资料。是这位前台文员通过在工作中摸索而逐步找到了若干优质供应商。这位优秀的员工在辞职回家乡结婚之前移交工作时，移交了一份多达五页纸的外协机构、联系人、联系方式、历次交易记录和注意事项的清单。有了这份清单，新接手的前台文员便知道如何高效工作了。类似的员工创造与传播的实例在每一个企业都大量存在。

3. 企业组织经验和学习

每一个企业在发展过程中都积累了特定的经验，它成为企业知识和技能的核心部分。企业组织的经验通常表现为企业规定的一套做事的模式、原则和方法。在小企业中，组织的经验可能仅存在于管理者的脑子里，他们习惯于以口头方式向员工下达指令或提出要求。而在那些大中型企业，组织的经验大多是通过正式的管理文件形式规定下来并要求员工遵守的。

由于市场的变化、竞争的变化和企业内部因素的变化，企业开始意识到自身的经验不足以解决在发展过程中碰到或出现的各种各样的新问题。在这种情况下有两种选择：一是通过自主探索积累新的经验，一是学习其他企业或个人已经创造或整合的知识或技能。由于前一种获得知识和技能的方法周期长、成本高（并且许多时候存在试错成本），许多企业更愿意采取后一种方式获得知识和技能。于是有组织的培训和学习便"应需而生"，企业请外部培训师来内部授课、派员工外出学习、请咨询机构导入某种管理系统、组织管理人员到先进公司参观学习等等，都是有组织的学习过程。

无论是组织的经验积累，还是企业有组织的学习，都意味着企业知识和技能的增加。

4. 企业组织创造和传播

当一个企业决定创造某种业绩或决定研究解决某一问题，并将因此得来的方法作为标准要求组织内的人员遵守时，这个企业便是在进行组织创造与传播。这个过程也是企业知识和技能增加的过程。下面我们用两个简单的举例来理解这一点：

1999 年，在朱江洪的亲自推动下，格力电器创造了一款名叫"格力数码2000"的分体式空调新产品，这款产品由于外观精美、用材高档、性能优越，一度被零售商定了一个"天价"对外销售：每台售价将近2万元，而当时分体空调的价格仅在 3000~6000 元/台。这款空调不仅在当年对提升格力的品牌、销量和利润均立下了功劳，而且在随后的几年中，这款空调的技术被用到了几乎所有的新款分体式空调之中。现在我们看到的格力空调所有室内机的外壳上都有一个凸起的质感很强的 LOGO，也是源于那款空调。

华坚鞋业公司位于广东东莞的工厂有两万多名员工。由于员工人数太多，每当同时出现一波员工上班和一波员工下班时（这种情况每天都要发生 2~3 次），工厂的楼梯和过道就会出现严重拥堵现象——两波员工相向而行，秩序混乱，导致所有员工的行进速度十分缓慢，极大地影响了工厂的运营效率。该公司的张华荣董事长有一次看到这种情景，便要求管理部门研究解决这个问题。后来管理部门找到了一种有效解决问题的办法：在所有的工厂过道和楼梯的正中间画上一道黄线，并规定上班的员工在黄线的左边行走，下班的员工在黄线的右边行走。毫无疑问，这个办法由于有效，便作为组织的知识被保留了下来。

类似的组织创造和传播知识与技能的行为在每一个企业都会发生：为了获得或保持业绩，通过有组织的行为，设计了一套有效的营销策略，并将之应用于营销实践中；通过有组织的行为，找到了一套节约生产成本的方法，并在全公司推广应用；通过有组织的行为，发明了一种新产品及相关生产工艺，并在组织内使用；通过有组织的行为，设计了一套有效的人力资源管理制度，并适用于人力资源管理实践；通过有组织的行为，发明了一种有效的供应商或经销商管理办法，并将之应用于对供应商和经销商的管理实践中；将某一工作团队的经验在全公司范围内推广。这些都是组织创造与传播的过程，也是企业的知识和技能增加的过程。

◎企业学习的方向

在了解了企业知识和技能的四个来源以后，企业有效学习的方向也就不难被发现（如图1-4所示）。也即是说，企业要善于从四个方面来推动企业的学习。

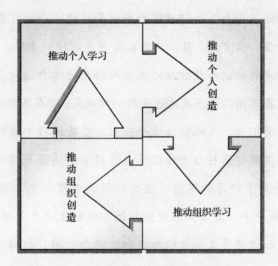

图1-4　企业有效学习的四个方向

推动个人学习　个人学习是企业知识和技能的重要来源。即便企业意识不到这一学习方式的存在，这一学习方式也在影响企业的能力。个人学习存在着两种可供选择的方式：一是员工自发学习，二是通过一定的方式倡导、鼓励或引导员工学习。两种方式都有效果，但后一种员工学习的效果必然会更好。因为即便在没有企业推动的情况下，员工出于各种各样的目的或原因也会自发学习，在此基础上如果企业对员工的自学行为予以倡导、鼓励和引导，则员工个人学习的积极性和效果必然会更好。

推动个人创造 这将是所有企业中最富开发价值的宝藏。一方面，每一家企业的员工中间都蕴藏着丰富的智慧，他们的智慧如果能够更多地用于本职工作，为了创造更佳业绩，而不断创新工作方法，则必然快速和大量增加企业的知识和技能。这有着非常巨大的意义，因为从外部学来的知识和技能是他人创造的，即便员工学习到了，也很难超越，而员工一旦自己创造了知识和技能，在一定条件下就意味着真正的超越。另一方面，员工通过学习获得了知识和技能，只有在工作中创造性地加以运用，他们才可能真正地领悟那些知识和技能，也才可能衡量那些知识和技能的价值。换言之，员工只有具有创造精神，才可能有效地学习，否则由外部学来的知识和技能很难真正地转化为工作绩效。在过去十年中，我们经常在不同的场合表达过这样一种观点："在多数情况下，一个企业员工的智慧汇总，可以解决这个企业在发展过程中碰到的所有一般问题。但是员工的智慧往往无法汇总起来用于解决企业碰到的问题，其根本的原因是由于领导的观念、组织的结构问题限制了员工智慧的发挥"。在传统观念中，员工如何才能创造知识和技能不是培训经理/部门的事情，但是如何将员工创造的知识和技能加以推广传播，则应该是培训经理/部门的工作，做好了这项工作，本身将意味着促使员工创造更多的知识和技能。

推动组织学习 大多数企业的培训经理现在正在做的就是这项工作。包括请外部培训师来内部授课，安排员工参与大学和培训机构主办的公开课程，安排企业人员外出参观学习，组织员工学习视频课程，组织员工收看特定电视节目，组织读书活动，组织内部标杆经验分享活动等等。但是，推动组织学习的方式不仅还可以更加丰富多彩，更重要的是，如果能够把推动组织学习与组织创造结合起来进行，将可能会产生"革命性"的组织学习方式和效果。

推动组织创造　如前文所述，每一个企业都在这样或那样地创造知识和技能，企业应该通过推动组织创造来促使组织学习。在第八章中我们将指出：传统的培训多是基于特定岗位员工的胜任能力模型或者特定员工应具备的能力素质来安排员工学习，虽然也存在希望他们解决实际工作中的问题或创造更好业绩的愿望，但主要关注的却是学习的形式和内容，以及学习者是否掌握和应用了所学的知识和技能。其实，通过推动组织创造来推动组织学习会更加有效，因为当组织为了创造业绩或解决问题而学习时，不仅更能学以致用，而且组织在创造业绩和解决问题的同时也意味着在创造知识和技能。我们还将在该章中指出：衡量组织学习是否有效可以不去评估学习者是否掌握了特定的知识和技能，以及是否将所学知识和技能应用到了工作之中，只要评估学习者是否在学习之后创造了业绩或解决了问题即可，这既可以反映组织学习的绩效，也可以反映组织创造的知识和技能。

> **本节核心观点**
>
> 　　企业的知识和技能来源于员工经验与学习、员工创造与传播、组织经验与学习、组织创造与传播，培训经理也应从这四个方面推动企业学习。

第四节　靠谁来推动企业学习

自从企业设置培训经理以后，一提到企业学习，许多人就不假思索地认为，培训经理应该是企业学习的推动者。这当然也没有错。问题是，如果一个企业的高层管理者对企业学习缺乏正确的认识，如果企业的员工缺乏正确的学习心态，仅仅指望培训经理，是不足以让一个企业通过学习持续保持领先的。尽管企业培训在中国已经走过二十年了，但究竟应由谁来担负企业学习成长的使命，依然是一个值得研究和定义的问题。

我们认为，推动企业学习的关键力量有三种：一是企业高层管理者，一是企业培训部门/经理，一是企业各层级员工。这三种力量是相互影响的。如图 1-5 所示。

图 1-5　企业学习的推动力量

企业高层管理者　很显然：只有在企业高层管理者（尤其是一把手）充分理解企业学习的重要性时，培训经理才会产生；只有在企业高层管理者愿意提供企业学习经费时，培训经理才会有发挥空间；只有在企业高层管理者不断强调学习的重要性的前提下，企业的各层级员工才会重视学习和配合培训经理的工作。但是，企业领导在发动了企业学习的机器之后，机器运转本身的效果，会反过来影响企业领导下一阶段对企业学习的意志和信心。当企业学习效果明显时，企业领导会对企业继续学习充满信心，并愿意加大投入；反之企业领导对企业学习的信心就会打折扣，对企业学习的支持也就会相应减少。

企业培训经理　企业培训经理一旦产生，培训经理的工作效果便决定了企业学习在企业生活中的地位，也决定了培训经理在企业中的地位。效果好，地位就高，影响力就大；效果差，地位就差，影响力就小。而培训经理的工作是否能够产生正面的效果和影响力，又并不完全取决于培训经理本身，公司领导对培训经理的支持力度，给培训经理分配的工作任务，将极大地影响培训经理的能力发挥。与此同时，企业各层级员工对学习所持的态度，也在极大程度上影响培训经理的工作效果。不过，在公司领导的持续度和公司各层级员工的配合度一定的情况下，培训经理的工作热情和能力，又决定了他们的工作效果、地位和影响力。

企业各层级员工 在企业中，各层级员工对学习是否持有积极的心态，也即他们是否能够正确认识学习对公司发展的意义、对部门业绩的意义、对个人职业发展的意义，也将是影响企业学习意愿和效果的关键因素。在现实中，有大量的企业员工不能理解为什么企业要让他们学习，甚至有的企业员工普遍把企业安排的学习任务视为给他们添麻烦，影响了他们的正常工作。当一个企业中的大多数人对学习持有消极态度时，企业或培训经理要推动企业学习必然事倍功半。在这种情况下就会出现恶性循环：员工不愿意学习，员工学习效果就差；员工学习效果差，领导对员工学习的信心和对培训经理的信心就会递减；领导对员工学习和培训经理的信心递减，培训经理便更难以调动员工的学习兴趣。不过，员工的学习心态又是受到企业领导和培训经理影响的，在企业领导以积极的心态亲自推动企业学习的情况下，在培训经理以有效的工作方式和技巧赢得员工信任的情况下，员工对学习的态度便可以逐步抑或是快速地发生变化。

由于本书是特地写给培训经理看的，因而在这里我们更倾向于认为：培训经理更高效的工作才是推动企业学习的关键中的关键。之所以这样说，是因为在我们看来，培训经理在推动企业学习的过程中，必然会碰到各种各样的阻力或问题，面对各种各样的阻力和问题，培训经理将企业不能高效学习的原因归结于外部将既不利于企业学习发展，也不利于自身的学习发展。与其这样，还不如从自身的能力和工作方面找原因。当培训经理这样想问题和这样做时，问题便会一点一点、一寸一寸地得到解决，自身也就会一点一点、一寸一寸地得到进步。事实上，因为问题的存在，培训经理的工作才显得更具价值。

本节核心观点

> 推动企业学习的关键力量有三种：高层管理者、培训经理、各层级员工，其中培训经理更为关键。

自我开发练习

请写下您阅读本章的感想：

请写下您想要与本书作者沟通的问题：

第二章
培训经理的角色和挑战

　　培训经理是一个令人尊敬和羡慕的职业。前者源于他们的工作是为了帮助组织和个人成功，后者源于他们所从事的职业有着良好的前景。然而，这又是一份很难做的职业，因为这一职业正在面临着多重挑战，从业者只有具备相应的职业精神和专业能力才能做好培训工作并赢得良好的职业发展。

本章目录

☆ 职业的产生

☆ 职务的角色

☆ 职业的前景

☆ 面临的挑战

☆ 需要的职业精神

☆ 需要的专业能力

本章将围绕培训经理这一职位所涉及的相关问题展开全景式讨论，目的是让培训经理朋友们对自身正在从事的工作及其职业发展前景，尤其在履行职务和发展职业的过程中将要面临的种种问题和挑战进行冷静思考和自我评价。

第一节　职业的产生

请想一想或者向他人请教一下，你所处行业中的企业大致是从什么时候开始纷纷设置培训经理一职的？进而请再想一想或者向他人请教一下，为什么你所处行业中的企业是在这个时期而不是其他时期纷纷设立培训经理一职？

在 2000 年以前的近十年期间，国内只有消费品领域和服务业领域的少数大企业设立了培训部门和培训经理岗位，国内企业纷纷设立培训部门和培训经理岗位是从 2000 年以后开始的（有的设立了独立的与人力资源部平行的培训中心/培训学院，有的在人力资源部门内部设立了培训部门或培训小组，有的仅在人力资源部门内部设置了培训专员或培训经理岗位）。到今天为止，几乎所有的中型以上的国内企业都设有培训部门。

◎行业原因

为什么中国企业会在 2000 年以后而不是此前纷纷设立培训部门或培训经理岗位呢？除了少数企业的先行示范效应之外，核心原因是进入 20 世纪 90 年代末以后，企业间的竞争日趋激烈。

面对行业内强度不断增加的竞争，企业有多种战略和策略选择，比如进入新的产业领域，延伸产品线，进入新的地理或区隔市场，引进高效能人才，采取更具竞争力的渠道组合策略、价格组合策略、产品组合策略和促销策略等等。然而，企业逐渐发现，当行业内的企业纷纷采取相似的战略和策略时，那些人员素质更高因而执行能力更强的企业的经营效果总是要优于人员素质和执行能力较低的企业，于是在行业内的部分企业先行做培训的带动下，越来越多的企业便产生了学习的意愿。

在产生学习的意愿之后，企业继而必然会意识到，只有在组织内部设置专门的部门和岗位并采取专业的方法展开培训活动才能使培训工作可持续，才能使培训产生较好的效果。

这就是培训经理职业产生的外部原因。如图 2-1 所示。

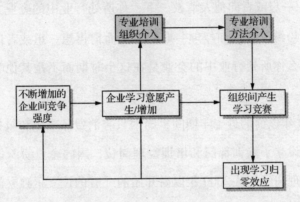

图 2-1　培训经理职业产生的外部原因

然而，当行业内的企业纷纷通过员工培训来提高企业的竞争能力时，实际上企业间的竞争也就逐步异化成为企业间的学习竞争或竞赛。在这种情况下，每一家企业都在学习中不断进步，但由于行业中的企业都在学习和进步，竞争强度不但没有因为学习而减弱，反而行业内的竞争更趋激烈。进而，面对竞争更加激烈的行业环境，企业的学习意愿更加强烈，对培训管理人员的要求更高。于是，问题变得更加复杂和紧迫：在普遍的企业学习意愿更为强烈和对培训管理的要求更高的情况下，便出现了我们在第一章描述的"学习归零"现象，因而学习效果表现为不理想。在这种情况下，理性的企业认识到，放弃学习只会使情况变得更糟，只有追求更快速和更有效的学习才是唯一的解决问题之道。于是，培训经理的地位在不断提升，至少企业对他们的要求在不断提高。

◎企业原因

从企业内在方面讲，培训经理职业的产生来源于两种情况：学习归零速度和能力更新要求。在两者都处于中间值状态时，理论上讲企业就应该设置培训部门或培训经理岗位了。见图 2-2。

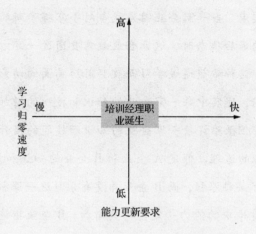

图 2-2　培训经理职业产生的内部原因

学习归零速度　在此是指企业员工的知识和技能过时或无效的程度。知识和技能的过时或无效通常来源于与同业企业的相关知识和技能比较。比如，家用电器业 A、B 两家企业的销售管理人员的能力大致相当。后来，A 企业的销售管理人员学习了《竞争战略》课程，其销售管理人员竞争策略的设计与运用水平因此而明显高于 B 企业。在这种情况下，B 企业也安排自己的销售管理人员学习了《竞争战略》课程，随后 B 企业销售管理人员设计与运用竞争策略的水平大致达到 A 企业的水平。对于 A 企业来讲，它的销售管理人员设计与运用竞争策略的水平就因为 B 企业的跟进学习而过时了。在这种情况下，A 企业为了保持领先，又让它的销售管理人员学习《渠道竞争力提升》和《终端品牌建设》两种课程。因此，A 企业的销售管理人员的能力又一次因为学习了新的课程而大为提升。见到 A 企业的销售管理人员的能力因学习而提升了，B 企业也安排了相关课程让自己的销售管理人员学习……在这个相互竞争的企业竞相学习的过程中，当 A、B 两家企业同时学习某种知识和技能以后，意味着它们在特定的知识和技能方面已经过时或无效，它们的学习行为越是趋同，学习归零的速度也就越快。

能力更新要求 当一家企业因为竞争对手掌握了新的知识和技能而处于一定程度的落后状态时，这家企业就需要通过一定方式的学习而改变落后的局面。这种希望通过学习而改变落后局面的动意就是能力更新要求。毫无疑问，现实中每一家企业的知识和技能的增加必然与一定方式的学习相关，但很难评价一家企业的知识和技能的提升是与哪种学习方式相关。相似的道理，假定 A 企业和 B 企业的知识和技能基本相当，当 A 企业学习了某种课程，而 B 企业并没有学习这一课程时，并不一定见得 A 企业在竞争中的能力一定会得到增加；B 企业拒绝学习这门课程时，并不一定意味着在竞争中必然会处于劣势。但是，假定 A、B 两家企业在规模、品牌、产品、市场、渠道、价格、管理能力等方面表现基本相当，当 A 企业的销售管理人员进行了持续的学习，在下一阶段竞争中，A 企业的表现肯定会优于 B 企业。因为 A、B 两家企业都明白这一道理，所以它们都愿意让自己的员工持续学习。这种对学习的要求就是对能力更新的要求。

中间值 学习归零现象并不必然导致能力更新要求，能力更新要求也并不必然导致学习归零现象。因为学习归零现象的出现是客观必然的，而能力更新要求是主观意识的。比如，学习归零的现象必然会在 A、B 两家相互竞争的企业间出现，但是如果它们意识不到这种现象存在，因而没有产生更新能力的意愿，则学习归零现象并不必然会导致能力更新要求。相似的道理，A、B 两家企业都有更新能力的要求，但并不意味着在它们之间必然会出现学习归零现象，因为当他们更新能力的方向不一致时，在具体的能力方面并不会出现学习归零现象。一般说来，只有在学习归零现象和能力更新要求同时出现并且达到中等强度时，企业才会设立培训部门或培训经理岗位。这里有两层含义：一是，学习归零程度和能力更新要求同时出现，在这种情况下，意味着企业意识到与竞争对手之间产生了学习竞争，因而要通过学习更新自己的能力；二是，学习归零程度和能力更新要求都达到了中等以上强度。因为只有双双达到中等以上强度，企业才愿意设立专门的部门和岗位来通过专业的方法介入员工学习从而更新自己的能力。

第二节　职务的角色

笼统地讲，培训经理的核心职责是通过一定的方式提高员工的知识和技能，以此不断提升企业的竞争能力和组织效率。但是在现实中，各企业培训经理的处境和待遇是大相径庭的。

陈桦是香港人，美国哈佛大学商学院 MBA，现为广东东莞某大型印刷企业（港资）的培训部经理，手下共有六名培训专员。虽然她所掌管的培训部门在组织架构中只是人力资源部门下面的一个专业团队，但在行政上却享有特权：她直接向总经理汇报工作，她有权调动公司的所有培训资源，公司的培训预算由她编制并且由她控制使用。她的待遇基本上与公司人力资源总监相当。

李先生是香港某著名化工公司位于广州的某工厂的培训经理。他的头衔虽然是"培训经理"，但实际上只是人力资源部门内部的一位普通员工。他没有下属，他的工作也不只是负责培训，而是在人力资源内部"打杂"（参与招聘、人事管理等）。在员工培训方面，由于公司基本上没有培训预算，他主要是从市场购买一些知名培训师的培训视频组织内部员工大约每周观看半天。

由此可见，在不同的企业中，培训经理的地位有相当大的差别。造成不同企业培训经理地位与待遇出现差别的原因有很多，我们将在本章的第四节来讨论。在这里，我们集中讨论培训经理从理论上讲应承担的角色。

　　之所以要讲培训经理在理论上应承担的角色，是因为培训经理是一个新兴的职业，无论是企业还是从业者本人往往并不清楚培训经理这一职务应该担负什么样的角色。在不清楚自己的角色的情况下，工作的方向、动力由何而来呢？这是一个大问题。只有解决了这个问题，培训经理们才知道应该做什么和应该怎么做。而在角色并不清晰的情况下，定义角色的方法只能是在理论上进行逻辑推导。

　　我们认为，分析培训经理的角色应从企业为何要设置培训经理这一职务开始。无论什么重量级和水平类型的企业，它们设置培训经理这一职务的原始动机就是希望培训经理采取专业方法从员工学习与成长的维度来促进企业竞争能力和组织效率的持续提升。基于这一动机，培训经理实际上有图2-3所示的五种角色：受托者角色、支持者角色、整合者角色、管理者角色、影响者角色。下面我们逐一对这五种角色进行必要的论述。

图2-3　培训经理的五种角色

◎受托者角色

　　企业设置培训经理职务的初衷是：企业高层管理者出于各种各样的

原因意识到企业应通过学习来不断提高竞争能力和组织效率；进而企业高层管理者认识到，要使企业通过学习来提高竞争能力和组织效率，就应有专门的部门和岗位来负责企业的学习工作，只有由专门的部门或人员来做专门的事情，学习效率才会好，相对成本才会低，效果才会持续和不断积累。正是在这样的思维逻辑下，培训部门和培训经理职务才得以产生。在这个意义上讲，培训经理是受企业高层管理者的委托来具体负责企业学习工作的。

很显然，由于企业设置培训经理的目的是要通过有组织的学习来提高企业的竞争能力和组织效率，那么培训经理的首要职务就是要满足企业高层管理者的要求，不辜负他们的托付。当然，高层管理者在设置培训经理岗位时，对这一职务应该怎样工作可能并不清楚，但是他们的根本目的是清楚的。在这个意义上说，培训经理满足企业高层管理者要求的方式不是要看他们的眼色行事，唯他们的意志是从，而应该是通过创造性的工作来实现他们想要实现的根本目的。

◎支持者角色

企业设置培训经理职务的根本目的是要通过专业的人做专业的事的方式来促使员工学习以提高企业的竞争能力和组织效率。培训经理实现这一目标的基本方式是帮助企业各层级的员工通过持续的学习来提高他们的知识和技能，只有知识和技能增加，他们才能更好地实现工作目标。员工更好地实现工作目标不仅对企业具有价值，对员工个人的职业发展也有深远的意义。这就是培训经理工作对员工工作和职业发展所具有的支持意义，也是培训经理作为支持者的角色所在。

尽管在许多企业中，培训经理作为支持者的角色并不能为企业中各层级的员工所理解，有的企业员工甚至错误地认为，培训经理的工作是在给他们找麻烦，但这并不妨碍培训经理所担负的员工学习与成长的支持者角色的客观存在。

◎整合者角色

企业有组织的学习过程，是企业有计划、有步骤和经济地将企业内部或外部个人和组织所拥有或创造的知识和技能转化为企业内部特定员工的知识和技能的过程。这便出现了一系列问题：企业内部的哪些知识和技能需要转化为哪些员工应掌握的知识和技能，企业外部的哪些知识和技能需要转化为企业的哪些员工应掌握的知识和技能，如何转化才是更为有效的和经济的……这便是一个学习资源整合问题了。也是培训经理作为专业人员应具备的基本能力要求。

培训经理仅仅承担上述受托者的角色和支持者的角色是绝对不够的，因为如果他们不具有整合资源的能力，就无法履行好他们的上述两种角色。

◎管理者角色

与培训经理协同工作的人员包括培训专员和内部培训师。培训专员既包括培训部门内部的专职培训人员，又包括公司各直线部门或分支机构的专职和兼职负责培训工作的人员；内部培训师既包括培训部门的专职培训师，也包括在直线部门或分支机构服务的专职或兼职的培训师。如何调动他们的工作积极性，并保证他们沿着正确的轨道高效地工作，这就是培训经理的重要职责之一，也即是培训经理的职务角色之一。

除了管理人以外，培训经理还需要管事，包括：通过计划管理的方式，科学有效地分配使用公司有限的培训经费；通过有效的控制手段，以相对低的成本力求使每一次的具体培训活动效果最大化；有效地进行内部培训师选拔、培训与日常管理；有效地进行培训实施和设备管理；有效地进行企业知识管理等等。

◎影响者角色

培训经理在履行职务的过程中，尤其是在试图让公司的高层管理者和各层级员工按照自己设计的（有时是理想化的）方式进行学习的过程中，将会碰到各种各样的困难和阻力。特别是在那些规模较小、培训起步不久或者缺乏良好的学习文化氛围的公司中，培训经理开展工作的困难和阻力更是无处不在，甚至是层出不穷。在这种情况下，培训经理就需要发挥自身人格魅力、专业能力和人际关系技巧，以促使相关人员的心态和行为满足企业有效学习的客观需要。这就是培训经理所应承担的影响者角色。

在国内，尽管有组织的企业学习已经存在了二十多年，多数中等规模以上的企业都设有培训经理职务，并且这些企业的培训经理一直在竭尽全力地工作，但是即便在那些已经体会到学习的好处的企业中，人们对培训的理解也是比较有限的。在这样的背景下，如果培训经理们向环境屈服，只是抱着"有什么条件，做到什么程度"这样不无应付的心态工作，那既是对企业不负责任，也是对自身的职业发展不负责任。有效的做法是，培训经理首先要对企业如何学习有自己的定见，在有了定见之后，当环境不允许自己按照自己的计划或意志行事时，就应该尽可能通过自己人格魅力、专业能力和人际关系技巧来影响相关人员，以使他们改变他们的看法。要做到这一点很难，但要想成为一位成功的职业人，则需要有此精神（下文我们还将论及这一点）。

本节核心观点

　　培训经理有五种角色：受托者角色、支持者角色、整合者角色、管理者角色、影响者角色。

第三节 职业的前景

企业培训管理是一项技术性很强的工作。这一职业在客观上要求培训经理具有广泛的跨专业的知识和技能。对此我们将在本章的后面部分作必要的讨论。现在，我们只讨论培训经理这一职业的前景。

培训经理的职业前景非常广阔。其广阔性来源于以下三大方面。

首先，从事培训工作在企业内部能够获得比其他职业更多的机会。一是，培训经理能够有更多的机会接触到最新的管理理念、管理知识和管理方法，是管理知识和技能的第一受益人。二是，企业培训具有高挑战性，而凡是具有挑战性的工作，一旦能够胜任，必然建立起超常的工作能力，即在面对和迎接挑战的过程中，自身将得到很好的锻炼。三是，因为培训经理职务使然，他们在公司内部沟通的机会很广泛，上至公司老总，下达普通员工，都可建立持续的联系与沟通。广泛的沟通机会不仅可以使自己了解更多，而且可以展示自己最优秀的一面，以为自身在组织内部的发展储备人脉关系。

其次，从事培训工作在职业发展方面有更多的通道。培训业刚刚起步，在"学习归零"现象下，企业必然竞相加速学习，这意味着企业必然将对培训管理人才更加倚重，培训业将需要更大量的优秀人才。一位优秀的培训经理，可以轻而易举地找到培训相关的工作。而且更重要的是，与众多的专业岗位往往只有一条发展通道相比，培训经理职业发展的通道有许多条，每一条都有着可观的前景（这一点我们即将专门谈到）。

再次，培训工作不受年龄限制。这是与其他许多职业相比的又一个鲜明特点。许多工作随着从业者年龄的增长，其职位很容易被后来者所替代。比如行政工作、一线销售和生产作业性工作等。培训经理岗位工作的不易替代性来源于，培训工作需要多样的跨专业的知识、技能和工作经验，而这些知识、技能和经验不是一两年可以建立起来的。别看现在从事培训管理工作的多是一些年轻人，随着培训业的继续发展，"老姜"更有用武之地，这是西方国家企业培训发展的启示。

培训经理的职业发展通道至少有五条：1）成为培训职能的高级别的管理人员；2）成为专业培训师；3）成为企业内部学习与成长顾问；4）成为企业的高级管理者；5）成为培训公司经营者、合伙人或企业学习成长顾问。下面逐一作简要介绍。

◎成为培训职能的高级别管理人员

一般来讲，企业内部培训组织的发展会经历如下过程：首先，企业在培训起步阶段，不设培训专员或经理职务，而是由人力资源或行政部门的主管或部门的职员兼职负责培训工作。

随着企业培训成为一项经常性工作，企业会在人力资源部门设置一个或多个专门负责培训工作的职位，这些职位一般称为培训专员或培训经理。

随着企业培训工作的进一步发展，企业逐步认识到培训是一项专业性很强的工作：培训活动的效果取决于培训人员的专业能力，而管理培训人员的人必须懂得培训才能对培训人员实施有效管理。在这种情况下，随着培训人员的增加，以及内部培训师的逐渐产生和不断增加，企业便开始设立独立的培训部门。既然有了独立的培训部门，就需要有人来领导这个部门，于是便有了培训部经理、培训部部长或培训总监这样的职务头衔。

随着企业规模的扩大，企业组织呈现出集团化特征。每一个事业部门或分支机构都有自己的专门负责培训的部门、岗位和内部培训师。在这种情况下，为了统合学习资源，提高组织的学习效率，同时为了展现企业的现代形象，企业便会设立自己的企业大学或培训学院。于是企业内部便有了大学校长或培训学院院长这样的职务头衔。

当企业的规模进一步扩大，当培训工作成为企业能力建设的日常性工作时，如何管理组织学习便会成为一项专业性极强的工作，这时企业就会进而在公司级别的领导层设置首席学习官（CLO）一职。

换言之，随着企业培训组织的发展，具有与时俱进能力的培训经理的职务就可以"水涨船高"。这一职业通道还包括这样一层意思：当一位培训经理的能力不断增长时，他除了可以在企业内部获得职务升迁机会，还可以在众多的企业间寻找到职务升迁机会。

◎成为专业培训师

许多培训经理已经在兼职做企业内部培训师了，有的甚至在尝试做商业培训师。这或许是企业对他们的要求，或许是他们自身兴趣使然。但无论如何，做培训师也是一个不错的职业发展机会。

当培训经理们缺乏在培训职能的管理岗位上不断升迁的机会时，或者当他们自认为不适合做管理者时，向培训师的职业方向发展也是一种不错的选择。其他岗位的人要想做培训师不是一件容易的事，因为如果企业或其他机构不给他们讲课的机会，他们便做不了培训师。培训经理则不然，在他们想当培训师的情况下，他们可以给自己安排机会（先是利用各种场合锻炼自己，进而是上台尝试讲课/分享，再进而是在内部担任一门课程或多门课程的主讲老师，最后成为专业培训师）。兴趣相同、关系不错的不同企业的培训经理之间还可以相互给对方制造讲课的机会。还有特别重要的一点就是，培训经理出于工作的原因，有机会听到众多不同风格的培训师授课，他们对不同培训师的授课风格、授课内容以及学习者的需求和心态都能进行客观评价，这种能力将十分有益于他们迅速成长为培训师。

◎成为企业内部学习与成长顾问

由于受"学习归零"现象的影响，企业间学习竞争将会不断提速。在这种背景下，一个组织怎样学习才是有效的和低成本的？一个层级的管理人员怎样学习才是有效的和低成本的？一个岗位的普通工作人员怎样学习才是有效的和低成本的？这是企业将要面临的普遍的问题。这一问题的解决之道就是让培训部门的工作由笼统走向专业细分。

当前，多数企业的培训是比较笼统的，表现为任何一位培训经理/专员的工作都涉及到了培训工作的全流程：培训需求分析、培训计划制定、培训方案设计、培训师寻找与合作洽谈、培训现场管理、培训效果评估等等。在这种笼统的工作模式下，培训经理很难真正做到"精专"。人力资源管理早期的工作模式也是"笼而统之"的"人事管理"模式，人力资源管理人员围绕"人事"工作，什么具体的事情都要做。而今，大公司的人力资源管理已经精细化了：有人专门负责绩效管理，有人专门负责新员工需求分析，有人专门负责新员工招聘，有人专门负责新员工培训，有人专门负责制度管理，有人专门负责员工福利，有人专门负责劳资关系，有人专门负责劳动合同管理。培训工作的专业细分趋势将与之相似：每一个模块的工作都将由专门的人员来做，培训领域的内部专家将由此而产生。

换言之，对于那些没有意愿向更高一级的管理岗位发展的培训经理或专员来说，成为公司内部在某些细分领域具有独特能力的学习与成长顾问也是一种不错的选择。当然，这类内部培训专家在大公司才会更有市场，在小企业则可能存在一定的职业风险，因为大公司需要"一个萝卜一个坑"的"精专人才"，而小企业更需要的是"一个萝卜多个坑"的"多面能人"。

◎成为企业的高级管理者

培训经理还有机会成为企业的高级管理者。这一职业发展机会将来自于以下三个方面：

一是，培训经理的职业决定了他们如果愿意学习的话，可以学习到更多管理和决策的知识和技能。当他们因为学习而建立的管理能力被公司高层充分赏识时，他们可能被公司任命担任非培训职能（或者兼负培训管理工作）的高级别的管理者，比如直接升迁为人力资源总监、总经理助理、总裁办主任等。

二是，培训经理的职务决定了他们有机会与企业的高层管理者建立良好的工作和私人关系。这一职务上的"近水楼台"效应将注定他们有更多的被高层赏识和信任的机会，这是他们进而实现职务跃升的必由之路。

三是，当企业普遍意识到学习已经是企业的基本生存方式时，培训经理在企业中的地位会进一步提高，以至于提高到超越培训职能本身的高度。这种可能性源于历史的经验：当一个企业十分重视产品研发和产品质量时，那些原来不善言辞的分管技术或生产的部门经理当上了总经理或副总经理；当营销成为企业的头等大事的时候，原来的销售经理一夜之间荣升为公司领导；当人力资源管理工作越来越重要时，一些人力资源部门经理被提拔到了总监或副总位置；当公司需要融资上市时，过去默默无闻的财务经理成为了财务总监或副总。

◎成为培训公司经营者、合伙人或企业学习成长顾问

对于那些有"野心"并且"翅膀长硬了"的培训经理来说，他们也可以成立自己的培训公司反过来为企业提供广泛的培训服务和组织学习顾问服务，或者成为培训公司的合伙人（如老板、管理者和企业学习成长顾问）。

在企业竞相学习的背景下，有独特能力的培训公司的发展前景十分

广阔。优秀的培训经理未来若独资或与人合伙开办培训公司，一般说来有五大优势：

优势之一，他们有企业培训工作经验，这一工作经验将使他们更了解客户的需求和心理，也更了解客户的采购行为特点。

优势之二，他们在企业担任培训经理期间，借助外出学习、行业交流会、培训经理组织、网站培训经理社区等机会与大量的企业培训经理建立和保持了良好关系。当他们开始经营属于自己的培训公司时，那些过去的同行朋友中的一部分便可成为他们的客户。

优势之三，他们做企业培训经理的过程中与大量的培训公司建立过业务联系，因而熟悉或了解一般培训公司的经营模式、管理方式，尤其是收集过大量培训公司提交的培训解决方案及相关工具和方法，这些工具和方法将可转换或改造成为他们满足客户需要的标准模板或样本。

优势之四，他们在做企业培训经理的过程中与大量的培训师或培训顾问建立了业务联系，当他们经营自己的培训公司时，这些联系人可能成为他们的雇员或合伙人。

优势之五，如果他们是在著名的企业担任培训经理，那么在他们拥有自己的培训公司以后，其所服务过的著名企业的"光环"将为他们带来更多的客户。因为，现实中大量的中小企业是以大企业为标杆的，它们普遍相信有大公司工作背景的培训公司管理者更具有为它们提供服务的能力。

本节核心观点

培训经理有五条职业通道：培训职能的高级别管理人员；专业培训师；企业内部学习与成长顾问；企业的高级管理者；培训公司经营者、合伙人或企业学习成长顾问。

第四节　面临的挑战

虽然我们刚刚分析过，培训经理的职业有着比较诱人的发展前景，但我们又不得不承认一点，即现实中大量的培训经理正在面临一系列的来自这一职务本身的挑战。可以从以下四个角度来分析和看待这些挑战：

- 培训部门在组织中的地位不尽相同
- 培训工作被组织的认可程度不尽相同
- 企业发展阶段与培训经理工作理想之间存在落差
- 员工的学习心态参差不齐

下面我们来具体分析这些挑战。

◎培训部门在组织中的地位不尽相同

企业规模、所处行业、管理水平、员工素质、赢利能力的不同，对培训的认知差异很大。尽管越来越多的企业已经认识到培训在企业发展过程中的重要作用，但在不同的企业中，培训部门在企业组织中的地位悬殊较大。有些企业已经建立了自己的企业大学，有的企业设立了独立的培训部门，而有的企业只是在人力资源部门下面设立了负责培训的专业工作小组，更有大量的企业仅仅在人力资源部门设置了一个培训经理/专员岗位（见图2-4）。当然，也有许多中小企业至今连培训经理/专员的岗位也没有，偶尔安排的培训活动是由人力资源部门或行政部门的人员临时代办的。

从培训部门在企业组织中的位置可以推想培训经理在企业组织中的地位。一般而言，如果一个企业仅在人力资源部门下设有培训经理/专员岗位，说明这类企业只会偶尔举行几次培训活动，而且主要是派员工外出参加培训机构主办的公开课或者一年几次甚至仅有一两次请外部培训

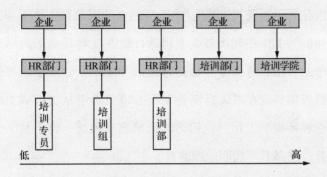

图2-4　企业对培训工作重视度的组织表现

师到企业来做内训。如果一个企业已经在人力资源部门下设立培训工作小组，说明这些企业一般有2人以上的人员在从事培训管理工作，在这种人员安排下，企业的培训活动就会相对多一些。既可能请外部培训师来企业做内训，也可能经常派人外出学习，还可能经常组织由内部培训师执教的培训活动。如果一个企业在人力资源部门下面设立有相对独立的培训部门，或者设置了独立于人力资源部门之外的培训部门，说明这类企业的培训活动已经比较丰富和多样了，不仅培训工作被企业高层管理者高度重视，而且很可能培训管理正在趋于专业化。如果一个企业已经设立了自己的企业大学，那么这类企业的培训工作已经是形式多样、丰富多彩，甚至于覆盖到了对供应商和经销商的培训，并且毫无疑问这类企业将培训工作置于企业发展战略的高度。

当一个企业设置了专门的培训部门来负责培训工作时，不仅意味着企业高度重视员工学习，而且一定意味着这类企业的培训活动是形式多样的，培训管理也是比较专业的。一个重要的原因是，在企业设置了培训部门的情况下，即便企业对培训部门没有具体的工作要求，培训部门为了体现自身的价值，也会竭尽所能地思考如何做好企业的培训工作。如此一来，企业的培训工作便会逐渐步入正轨。

值得同情的是那些在没有设立培训部门的企业工作的培训经理。因为在这种情况下，不仅意味着他/她所在的企业对培训工作不够重视，而且意味着他们的工作往往不被企业理解。处在这种环境下的培训经理要想按照自己的意志和遵循专业套路来规划和组织企业员工学习是很困难的，他们很可能只是在事无巨细甚至小心谨慎地遵从老板或上级领导的意志。在这种环境下工作，他们必然会缺乏成就感，也不利于他们专业能力的提升，更是看不到职业的前景。

◎培训工作被组织认可的程度不尽相同

虽然我们说已经设立了独立培训部门的企业中的培训经理"生存状况"一般会优于没有设立独立培训部门的培训经理，但并不意味着这种优越是一定的。现实中，有大量培训经理的工作是比较被动的。原因有两个方面：一是企业内部环境不佳，使得培训经理无法得心应手地开展工作；二是由于培训经理们的工作能力不足，尽管他们可能十分努力地工作，但组织对他们却不满意。

这里所说的企业内部学习环境是指：

☆　企业组织对培训的需求和组织的学习氛围；

☆　公司领导对培训的理解度和重视度；

☆　企业组织用于培训的经费；

☆　企业给予培训部门的自主工作空间。

这里所说的培训经理的工作能力是指：

☆　他们的眼界、意愿和胜任能力；

☆　他们影响决策者的能力和工作策略；

☆　他们组织培训活动的过程和结果被组织成员特别是领导认可的程度。

当我们将培训经理的工作能力和企业内部学习环境形成一个象限图时（见图2-5），我们看到了培训经理所处的四种状态。

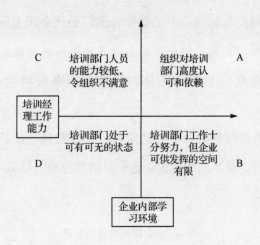

图 2-5　培训工作被组织认可的程度

　　象限 A：培训经理的工作能力较强，企业内部学习环境良好。在这种情况下，企业会对培训经理的工作高度认可与依赖。

　　象限 B：培训经理的工作能力较强，工作十分努力，但企业内部学习环境较差。在这种情况下，培训经理在企业的发挥空间是有限的。

　　象限 C：企业内部学习环境较好，但培训经理的工作能力较差。在这种情况下，企业必然会对培训经理的工作不满意。

　　象限 D：培训经理的工作能力较差，企业内部的学习环境也不好。在这种情况下，培训部门和培训经理便是可有可无的了。

　　从这个象限图可以看出，只有在象限 A 条件下，培训经理的生存状态较好。在象限 B 和 C 条件下，培训经理的处境不容乐观。在象限 D 条件下，培训经理的处境是十分尴尬的。

◎企业发展阶段与培训经理工作理想之间存在落差

　　上述培训工作被组织认可的程度，往往与企业所处的发展阶段有一定关系。当一个有思想和能力的培训经理所工作的企业尚处于较"低级"的发展阶段时，意味着他们说话别人听不懂，也意味着他们的热情和干劲无法得到正面回应，还意味着他们必然会因无所适从而经常苦恼。但是，如果他们能正确地理解企业发展阶段，并据此调整自己对企业的期望值，对企业的培训工作因势利导，则将对个人的成长更有帮助。

企业的发展可以分为四个大的阶段：创业阶段、成长阶段、成熟阶段和全球化阶段。在不同的阶段，企业对培训的取向是不一样的（如表2所示）。

表2　企业培训发展的阶段

	创 业 阶 段	成 长 阶 段	成 熟 阶 段	全 球 化 阶 段
培训价值取向	● 如何有效生存 ● 追求短期直接效率	● 组织化和制度化管理 ● 质量、效率、成本控制 ● 管理绩效 ● 角色转换	● 追求卓越 ● 强调细节 ● 各层级人员的全面素质提升 ● 技术创新和管理创新	● 不同文化的有效融合 ● 个人职业生涯自我管理 ● 建立多样能力 ● 持续个人学习
	生存	控制	有效	完美

创业阶段的企业　处于创业阶段的企业规模小，竞争能力较弱，赢利能力通常不佳。它们在客观上更需要做培训，但同样在客观上讲，它们没有太多的资源用于做培训。即便做培训，也大多会选择那些能够立竿见影的培训科目。并且，由于它们没有能力聘请高课酬的知名培训师担任授课，它们更倾向于由内部的人员担任培训师。在这类企业任职的培训经理如果试图将那些在大中型企业经常开办的课程引进到企业中，一般很难获得老板的通过，因而常会产生挫折感。

发展阶段的企业　当一个企业成功地渡过了创业期，便进入到了发展阶段。进入发展阶段的企业有一些鲜明特征：1）企业生产规模和人员规模不断扩大；2）组织化和制度化管理逐步取代此前的个人化和经验化管理；3）企业极力在行业内建立/加强竞争优势；4）企业更加注重产品质量和低成本运营。通常，这类企业对员工培训的需求是大量存在的。培训一般会围绕如何提高外部竞争力和内部运营效率这两大主题而展开。但是，由于这类企业还不能做到真正意义上的精细化管理，其管理对培训内容的需要是比较粗放的。正如打扫房子，它们追求的是把看得见的地方打扫得干干净净，对那些看不见的地方和角落则大多是忽略而不予打扫。在这类企业任职的培训经理不愁没有工作做，但是他们依然会面临一些问题：并不是所有的管理者和员工都能够正确地理解培训的价值和意义；无论是管理者还是员工，他们对培训的期望往往过于"现实"，当培训活动不能收到立竿见影的效果时，他们很可能会抱怨培训对他们的岗位工作没有多少帮助，甚至认为是干扰了他们的正常工作；由于培训部门在企业中的地位并不高，培训决策往往是由"不懂培训"的公司老板或人力资源主管作出的，培训经理的意见有时可能完全不被采纳，却要培训经理承担培训效果不佳的后果。在这类企业任职的培训经理需要在充分尊重上级领导的前提下，谨小慎微地安排和组织每一次的培训活动，需要有随时遭到批评甚至于攻击的心理准备。他们需要做的是，推动培训体系的建立，逐步改变人员对培训的理解。

成熟阶段的企业　处在成熟阶段企业的鲜明特征是"追求把事情做得更加有效"。为了追求事情的有效，它们会关注各项工作的细节，希望通过强化细节管理，使各项工作精益求精，从而不断提高或强化它的外部竞争力和内部运营效率。通常，这类企业的培训部门在组织内部的地位已经比较稳固，培训体系已经建立起来，丰富多样的培训活动按照既定的培训管理体系来进行。因为培训已经成为企业日常活动的重要组成部分，并且因为已经经过了大量的培训，企业中各岗位人员已经建立起了正确的学习心态。在这类企业工作的培训经理是幸运的，因为他们不仅有大量的工作要做，而且在按照规范化的培训体系进行工作时，自身的专业能力会快速得到提高。但在这类企业中任职的培训经理依然也可能面临一些问题：负责培训的人员越来越多，自身向上发展的通道可能已经很少；每一个人可能只是负责培训工作的一个模块，这不利于他们建立全面的专业能力；在企业倾向于"采购课程和培训师"的情况下，如何进一步提高他们的专业能力成为一个问题。

全球化阶段的企业 已经进入全球化阶段的企业有一些普遍的特征：它们十分关注人才的国际视野；十分关注不同文化的有效融合；十分关注个人职业生涯的规划与自我管理；十分关注员工建立多样的能力；十分关注员工持续学习。换言之，成熟期的企业会更加关注将事情做得更加有效，而处在全球化阶段的企业则侧重于对人才的全面培养和改造。其逻辑是，只有完美的人才能做出完美的事。在这类企业中，通常已经建立了内部大学，发达的培训组织和众多的培训相关人员在密切地关注和影响企业中方方面面的人员，培训相关的一切工作都是在按照既定的原则、流程和方法进行着。在这类企业工作的培训经理们是十分幸运的，他们不仅能接触和学习到企业培训与管理的真正精髓，而且他们个人所享受的待遇也是其他企业的培训经理无法企及的，最重要的是企业的光环还为这类培训经理们未来的职业发展奠定了良好的条件。但在这类企业工作的培训经理们面临的问题主要有两点：一是在分工十分精细的培训组织中，他们可能只是一个"螺丝钉"，这不利于他们理解和掌握系统的知识，不利于他们个人的全面发展，因而会影响他们未来职业发展的机会宽度；二是这类企业的培训管理水平固然十分先进，但未必适用于其他类型的企业，即当这些企业的培训经理们跳槽到其他企业担任培训管理职务时，他们的经验和知识可能并不能与新的企业工作要求有效匹配。

◎员工的学习心态参差不齐

不同企业员工的学习心态有着很大的差别。在员工具备良好学习心态的情况下，培训经理开展工作会更加得心应手；在员工的学习心态存在问题的情况下，培训经理在工作中很可能会出现吃力不讨好的痛苦及想法。

培训经理的工作是要通过员工的不断学习以不断提高企业的竞争能力和组织的运营效率，而此目标则是通过提高个体员工的知识和能力来实现的。正如在第一章中已经表述过的，在客观上员工学习不仅对员工更好地实现本职工作有益，而且对员工的长期职业发展有益。但是，并不是所有的员工都能认识到培训经理组织他们学习对他们个人意味着什么。特别是在那些管理不正规、员工素质普遍较低、有组织的员工学习活动较少的公司中，许多员工对企业安排他们学习是心存反感的。

加拿大成人教育家布谢尔（R·W·Boshier）指出，成人学习有以下两种动机：成长动机和匮乏动机。这两种学习动机都是积极的。

成长动机　为寻求较高层次的心理平衡，以求自我实现，其动机来源于个体内在的价值取向。在这种学习动机下，学习者知道学习对自身的职业发展是有好处的，因而会积极参与学习。

匮乏动机　为弥补自身的现实不足而学习，以求心理平衡，其动机是因受社会和环境压力而产生的。在这种学习动机下，学习者知道学习对改善自身实现工作的能力有直接的帮助，因而也会积极参与学习。

淘课企业学习研究院经过观察和研究发现，在参与有组织的学习过程中，事实上只有一部分员工持有上述两种动机中的一种或两种，还有一部分人在参加培训部门组织的培训活动的过程中所持的动机是"审视"。这是一种不仅对员工不利的"学习动机"，也是对企业不利的"学习动机"。面对这种动机，培训经理们往往会显得十分无奈。

审视动机　迫于他人压力而参加"学习"，用怀疑和挑剔的目光看待学习内容、培训者和组织者，其动机不是为了学习，而是批评/批判，只有在碰到十分合胃口的培训形式和内容时，才有一定的学习兴趣。

面对学习者的审视动机，培训经理之所以会显得十分无奈，是因为存在审视动机的员工在参与有组织的学习时，培训经理们在心理上会承担极大的压力，这种压力会进而造成某种程度的恶性循环。比如，当企业中有部分员工学习心态存在问题时，一部分培训经理为了维持学习者对一次培训活动的满意率，就很可能会倾向于选择那些知名度高和培训形式能够取悦于学习者的培训师，其结果可能是：不仅培训费用过高（请知名度高和娱乐性强的培训师的费用一般比较高）可能导致领导的不满意，而且形式活泼的培训固然能够让一部分学习者感兴趣，但却可能令那些理性的学习者不满意。面对不满，培训经理在下一次策划和组织培训活动时，便不知如何是好了。

本节核心观点

> 培训经理正在面临四大挑战：在组织中的地位不尽相同；被组织的认可程度不尽相同；企业发展阶段与工作理想之间存在落差；员工的学习心态参差不齐。

第五节　需要的职业精神

培训经理要想有效地迎接职业挑战，并通过履行好自己的职务角色，进而实现职业顺利发展，需要具备两大条件：一是相应的职业精神，二是相应的专业能力。在本节我们专门讨论培训经理应具备的职业精神，下一节再指出培训经理应具备的专业能力。

2010 年底，淘课企业学习研究院从当年参加《培训培训经理（TTM）》系列课程的近千名学员中挑选了 80 名工作优异、职业发展顺利的学员做了一次调查。被调查的学员一致认为培训经理应该具备四种良好的职业精神：职业理想、职业心态、职业责任和学习精神。同时，一部分受访者还认为职业良心、危机感、忍耐力、应变力和职业信誉也应是培训经理应具备的职业精神。随后，我们针对30家在员工培训方面做得较好的企业高管进行的调查也显示，职业理想、职业心态、职业责任和学习精神是一位理想中的培训经理必备的职业精神。限于篇幅，下面我们仅分别说明上述普遍认为应具备的四种职业精神的含义。

◎职业理想

职业理想是指培训经理希望在这个职业领域有怎样的发展或者说成为什么样的人。比如，希望成为培训职能线上的更高级别的管理者，成为国内知名的企业大学的校长，成为企业学习领域的名副其实的专家等等。没错，这就是职业理想，有了职业理想才会有真正的可持续的工作动力。

但仅有此理想是不够的，因为职业理想必须建立在"双赢"的条件下才可能实现。也就是说，培训经理要想实现自己的职业理想，必须首先通过正向工作绩效表现让企业对他们的工作和能力满意。一部分培训经理可能会认为自己可以通过不断寻找新雇主来实现职业理想，但是要知道，一个职业人士在上一家企业工作过程中的业绩表现会在很大程度上决定他是否有机会获得更好的工作机会。这就涉及到下一种职业精神了。

◎职业心态

职业心态是指培训经理对待工作和工作中出现的问题的心理态度，它直接关系到一个人是否能够实现他的职业理想。

在客观上，培训经理面对的工作十分复杂，需要运用相应的专业知识与技能才能较好地实现工作。在这种情况下，如果一位培训经理为了使自己更加轻松，采取尽可能简易的方法应付工作，抱着"只要不出问题就可以了"的想法，就意味着其工作心态是存在问题的。比如，原则上针对一项培训意向需要做周密的需求调研，需要找到更为匹配的培训师和课程，需要在授课过程中运用科学的方法管理培训师和学员。但如果一位培训经理为图省事，并不做严格的需求调研，而是花高价钱聘请最有名望的专家来做一次讲座，这样做虽然绝对不会出现砸场现象，但企业却为之付出了高昂的成本，员工所学的东西可能与实际工作关联不紧密。有效的职业心态，是不怕麻烦，以效率为导向，运用专业的方法来竭力组织每一次学习活动。

正如上一节已经论及的，培训经理在履行职务的过程中，会碰到各种各样的挑战、阻力和问题。在这种情况下，是进，是退，还是绕道而行，这首先就涉及到一个心态问题。具有积极心态的培训经理会以坚忍不拔的精神不断迎接挑战、克服阻力、解决问题；而持有消极心态的培训经理则会抱怨、逃避和推诿。

为什么说培训经理只有具备了良好的职业心态才能实现职业理想呢？因为只有具备良好的心态才能不断提高自己的能力；只有不断提高自己的能力，才能更好地履行职务；只有更好地履行职务，企业才会满意；只有企业满意，培训经理才能有更大的职业发展空间。

◎职业责任

培训经理的职业责任包括两个方面：一是对所在企业通过学习不断提高竞争能力和组织效率负有强烈的责任感，这种责任感也是对企业员工学习成长的责任感；二是对培训行业发展负有一定的责任感，这种责任感要求培训经理通过身体力行自觉维护行业的健康发展。培训经理只有具备了这两种职业责任感，才可能更好地履行职务，才可能更快地实现职业理想。

对所服务的企业的责任感又具体体现在两个方面。

一是，要认识到企业设置培训经理岗位的初衷，以及自身担任这一职务所肩负的职责。正如我们已经表述过的那样，企业设置培训经理岗位的根本动因是为了通过员工学习促进企业更好地发展。既然培训经理一职是在这样的动因下诞生的，那么合理的逻辑是，培训经理就应承担起企业通过学习而不断进步的责任。反过来讲，如果企业员工不能有效学习，至少培训经理应承担部分责任。

二是，培训经理应当把前述责任感体现在实际行动中，也就是说，为了承担上述责任而积极、勇敢地推动企业有效学习。

对培训行业的责任是对培训经理职务精神的更高层次的要求。它要求培训经理应该自觉地抵制培训行业的一些不正之风，自觉地维护培训行业的正义，自觉地通过一己之力推动培训行业的进步。因为只有培训行业整体不断进步，培训经理的个人职业发展才更有可能。

◎学习精神

培训经理只有具备高于一般企业员工的学习精神才能有效地履行职务责任，进而实现自身的职业发展。培训业刚刚起步，每一个企业都在探索如何才能更有效地做好培训工作，探索的前提条件之一就是学习。然而在现实中，有大量的培训经理，他们清楚自己的责任是推进企业员工学习，然而他们自己却缺少学习的意愿和精神。

图2-6是淘课首创的培训经理的核心能力模型。这个模型指出了培训经理应依次建立四大能力才能真正地实现良好的职业发展：懂得基础管理知识，具备通用管理技能，具备专业工作技能，具备职业发展能力。毫无疑问，这些能力都需要通过学习才能得来。

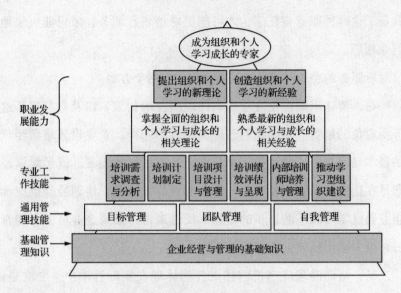

图 2-6　培训经理的核心能力模型

基础管理知识　只有了解企业经营与管理的一般知识，才具备作为管理者的前提条件；也只有了解企业经营管理的一般知识，进而才能分析和判断组织和个人的学习需求，厘清应该优先满足的需求。企业经营与管理的一般知识包括：组织分工与合作、市场营销、销售管理、人力资源管理、成本管理、质量管理、制度流程与管理、企业文化等等。

通用管理技能　它是任何一位管理者都必须具备的基础能力。我们把这一能力界定为三项具体的内容：目标管理能力、团队管理能力和自我管理能力。目标管理能力要求培训经理懂得在职业目标和工作目标之间找到最佳结合点，并要求培训经理善于理解、设置和分解工作目标；团队管理能力要求培训经理善于领导和管理团队，只有这样才能带领团队实现工作目标；自我管理能力要求培训经理善于通过有效的自我管理来不断提升自我，只有自我管理能力较强，才能领导和管理好团队，进而实现工作和职业目标。培训经理具备这三项通用能力还有一层重要意义就是，由于这三项能力也是所有管理者必备的通用能力，培训经理只有自身具备了这些能力，继而才可能对公司其他管理者的相关能力做出评估，并且才可能进而为他们安排恰当内容的培训。

专业工作技能　是指从事培训专业工作的技能。只有具备相关技能，才可能做好培训管理工作。这些技能包括：培训需求调查与分析的技能、培训计划制定的技能、培训项目设计与管理的技能、培训绩效评估与呈现的技能、内部培训师培养与管理的技能、推动学习型组织发展的技能。

职业发展能力　是指不断提升自己的专业能力，以使自己不断向职业的巅峰攀登。每一个企业的情况都不一样，培训经理仅仅围绕本职工作而学习，不足以建立起广泛和精专的职业发展能力。比如，当一位培训经理梦想成为知名的组织和个人学习方面的专家或著名企业大学的校长时，客观上要求他掌握全面的组织和个人学习与成长的相关理论，并了解最新的组织和个人学习与成长的相关经验，只有这样他才可能更出色地履行职务，并逐步向他梦想的那个职业目标靠近。但是仅达到这个层面还不够，如果一位培训经理梦想成长为知名的组织和个人学习方面的专家或著名企业大学的校长，他还有必要提出自己为大众所认可的关于组织和个人学习的理论见解，或者创造出自己为大众所认可的组织和个人学习方面的经验成果。

形成淘课提出的这个能力模型所要求的全部能力，毫无疑问需要有足够的学习精神。现实中的大多数培训经理可能只能勉强完成图2-6"金字塔"下面三个步骤。只有那些有强烈的职业目标感，具有超强学习与创造精神的培训经理，才可能攀登到这个"金字塔"的顶部。

本节核心观点

> 培训经理要想迎接挑战，需要具备四种职业精神：职业理想、职业心态、职业责任、学习精神。

第六节　需要的专业能力

培训经理仅有良好的职业精神还不够，还要具备相应的专业能力。因为，仅有职业精神而缺乏专业能力，依然无法实现职务和职业目标。这正如一位士兵，他有强烈的上战场杀敌的意愿，但如果他不懂得如何上战场杀敌，到了战场上他只有被敌杀的份儿。

培训经理应具备的专业能力主要包括以下六个方面：

- 培训需求分析的能力
- 培训计划制定的能力
- 培训项目管理的能力
- 培训评估的能力
- 内部培训师的培养与管理的能力
- 建设学习型组织的能力

相信读者已经看出，这六项能力正是我们上面刚刚表述过的培训经理应具备的六种专业工作技能。本书的随后六章，就是逐一围绕上述六个议题而展开的讨论，通过学习随后六个章节的知识和方法，培训经理的相关专业知识和能力将会得到一定程度的提升，至少可以得到一次重新梳理。

自我开发练习

请写下您阅读本章的感想：

请写下您想要与本书作者沟通的问题：

第三章
培训需求分析

　　培训需求分析是培训活动全流程的首要环节，是制订培训计划、设计培训方案、培训活动实施和培训效果评估的基础。因此，正确的培训需求分析十分重要，如果这一步忽略了或出了差错，随后进行的所有的工作都可能是错误的，至少效果会大打折扣。因此，培训需求分析是培训经理的第一基本功。

本章目录

☆ 可供选择的分析方法

☆ 实践中常用的四种分析方法

☆ "五基"培训需求分析法

　　本章将在介绍九种培训需求分析方法的基础上，讨论实践中常用到的四种培训需求分析方法所涉及的问题，继而介绍一个多数培训经理尚不知晓的"'五基'培训需求分析法"。目的是促使培训经理朋友们在相关问题上进行必要的思考，以便寻找到或创造出更具有效用的培训需求分析方法。

第一节　可供选择的分析方法

大多数培训经理都能基本理解进行培训需求分析的作用和意义：可以了解到企业真实客观的培训需求；可以使企业有限的培训经费用在最需要的地方；可以体现培训部门的专业高度，赢得合作与尊重；可以有效地激发学习者的学习兴趣，保证培训效果……

因而，大多数培训经理无论是在制订年度培训计划之前，还是在制订一个培训项目的计划之前，乃至在执行一次单一培训课程之前，都会进行培训需求分析，或者是由培训经理们自己进行分析，或者是要求参与服务/竞争的培训公司/培训师进行分析。总之，这已经是培训活动过程中的"标准动作"了。

可以用来进行培训需求分析的方法有许多种，本节主要介绍九种方法：访谈法、问卷调查法、观察法、关键事件法、绩效分析法、经验判断法、头脑风暴法、专项测评法和胜任能力分析法。

◎访谈法

就是通过与被访谈人进行面对面的交谈来获取培训需求信息。应用过程中，可以与企业管理层面谈，以了解组织对人员的期望；也可以与有关部门的负责人面谈，以便从专业和工作角度分析培训需求。一般来讲，在访谈之前，要求先确定到底需要何种信息，然后准备访谈提纲。访谈中提出的问题可以是封闭性的，也可以是开放性的。封闭式的访谈结果比较容易分析，但开放式的访谈常常能发现意外的更能说明问题的事实。访谈可以是结构式的，即以标准的模式向所有被访者提出同样的问题；也可以是非结构式的，即针对不同对象提出不同的开放式问题。

一般情况下是把两种方式结合起来使用，并以结构式访谈为主，非结构式访谈为辅。

采用访谈法了解培训需求，应注意以下几点：

（1）确定访谈的目标，明确"什么信息是最有价值的、必须了解到的"。

（2）准备完备的访谈提纲。这对于启发、引导被访谈人讨论相关问题、防止访谈中心转移是十分重要的。

（3）建立融洽的、相互信任的访谈气氛。在访谈中，访谈人员需要首先取得被访谈人的信任，以避免产生敌意或抵制情绪。这对于保证收集到的信息具有正确性与准确性非常重要。

另外，访谈法还可以与下述问卷调查法结合起来使用，通过访谈来补充或核实调查问卷的内容，讨论填写不清楚的地方，探索比较深层次的问题和原因。

◎问卷调查法

问卷调查法是以标准化的问卷形式列出一组问题，要求调查对象就问题进行打分或做是非选择。当需要进行培训需求分析的人较多，并且时间较为紧急时，就可以精心准备一份问卷，以电子邮件、传真或直接发放的方式让对方填写，也可以在进行面谈和电话访谈时由调查人自己填写。在进行问卷调查时，问卷的编写尤为重要。

编写一份好的问卷通常需要遵循以下步骤：

（1）列出希望了解的事项清单。

（2）一份问卷可以由封闭式问题和开放式问题组成，两者应视情况各占一定比例。

（3）对问卷进行编辑，并最终形成文件。

（4）请他人检查问卷，并加以评价。

（5）在小范围内对问卷进行模拟测试，并对结果进行评估。

（6）对问卷进行必要的修改。

（7）实施调查。

◎观察法

观察法是通过到工作现场，观察员工的工作表现，发现问题，获取信息数据。运用观察法的第一步是要明确所需要的信息，然后确定观察对象。观察法最大的一个缺陷是，当被观察者意识到自己正在被观察时，他们的一举一动可能与平时不同，这就会使观察结果产生偏差。因此观察时应该尽量隐蔽并进行多次观察，这样有助于提高观察结果的准确性。当然，这样做需要考虑时间上和空间条件上是否允许。

在运用观察法时应该注意以下几点：

（1）观察者必须对要进行观察的员工所进行的工作有深入的了解，明确其行为标准。否则，无法进行有效观察。

（2）进行现场观察不能干扰被观察者的正常工作，应注意隐蔽。

（3）观察法的适用范围有限，一般适用于易被直接观察和了解的工作，不适用于技术要求较高的复杂性工作。

（4）必要时，可请陌生人进行观察，如请人扮演顾客观察终端销售人员的行为表现是否符合标准或处于何种状态。

◎关键事件法

关键事件法与我们通常所说的整理记录法相似，它可以用来考察工作过程和活动情况以发现潜在的培训需求。被观察的对象通常是那些对组织目标起关键性积极作用或消极作用的事件。确定关键事件的原则是：工作过程中发生的对企业绩效有重大影响的特定事件，如系统故障、获取大客户、大客户流失、产品交期延迟或事故率过高等等。关键事件的记录为培训需求分析提供了方便而有意义的信息来源。关键事件法要求管理人员记录员工工作中的关键事件，包括导致事件发生的原因和背景，员工特别有效或失败的行为，关键行为的后果，以及员工自己能否支配或控制行为后果等。

进行关键事件分析时应注意以下两个方面：

（1）制定保存重大事件记录的指导原则并建立记录载体（如工作日志、主管笔记等）。

（2）对记录进行定期分析，找出员工在知识和技能方面的缺陷，以确定培训需求。

◎绩效分析法

培训的最终目的是改进工作绩效，减少或消除实际绩效与期望绩效之间的差距。因此，对个人或团队的绩效进行考核可以作为分析培训需求的一种方法。

运用绩效分析法需要注意把握以下四个方面：

（1）将明确规定并得到一致同意的标准作为考核的基准。

（2）集中注意那些希望达到的关键业绩指标。

（3）确定未达到理想业绩水平的原因。

（4）确定通过培训能否达到的业绩水平。

◎经验判断法

有些培训需求具有一定的通用性或规律性，可以凭借经验加以判断。比如，一位经验丰富的管理者能够轻易地判断出他的下属在哪些能力方面比较欠缺，因而应进行哪些内容的培训。又比如，人力资源部门仅仅根据过去的工作经验，不用调查就知道那些刚进入公司的新员工需要进行哪些方面的培训。还比如，公司在准备将一批基层管理者提拔为中层干部时，公司领导和人力资源部门不用做调研，也能大致知道这批准备提拔的人员应该接受哪些培训。再比如，在企业重组或兼并过程中，有关决策者或管理部门不用调研，也能大致知道要对相关人员进行哪些方面的培训。

采取经验判断法获取培训需求信息在方式上可以十分灵活，既可以设计正式的问卷表交由相关人员，由他们凭借经验判断提出培训需求；还可以通过座谈会、一对一沟通的方式获得这方面的信息。培训部门甚至可以仅仅根据自己的经验直接对某些层级或部门人员的培训需要作出分析判断。那些通常由公司领导亲自要求举办的培训活动，其培训需求无一不来自公司领导的经验判断。

◎头脑风暴法

在实施一项新的项目、工程或推出新的产品之前需要进行培训需求分析时，可将一群合适的人员集中在一起共同工作、思考和分析。在公司内部寻找那些具有较强分析能力的人并让他们成为头脑风暴小组的成员。还可以邀请公司以外的有关人员参加，如客户或供应商。

头脑风暴法的主要步骤如下：

（1）将有关人员召集在一起，通常是围桌而坐，人数不宜过多，一般十几人为宜。

（2）让参会者就某一主题尽快提出培训需求，并在一定时间内进行无拘无束的讨论。

（3）只许讨论，不许批评和反驳。观点越多、思路越广越好。

（4）所有提出的方案都当场记录下来，不作结论，只注重产生方案或意见的过程。

事后，对每条培训需求的迫切程度与可培训程度提出看法，以确认当前最迫切的培训需求信息。

◎专项测评法

专项测评是一种高度专门化的问卷调查方法，设计或选择专项测评表并进行有效测评需要大量的专业知识。通常，一般的问卷只能获得表面或描述性的数据，专项测评表则复杂得多，它可通过深层次的调查，提供具体而且较系统的信息，比如可测量出员工对计划中的公司变化的心理反应以及接受培训的应对准备等等。由于专项测评法操作要求极高，并需要大量的专业知识作支撑，企业一般是外请专业的测评公司来进行。然而，使用外部专业公司提供专项测评，会受到时间和经费的限制。

◎胜任能力分析法

胜任能力是指员工胜任某一工作所应具备的知识、技能、态度和价值观等。现在，许多公司都在依据经营战略建立各岗位的胜任能力模型，以为公司员工招聘与甄选、培训、绩效考评和薪酬管理提供依据。

基于胜任能力的培训需求分析有两个主要步骤：

（1）职位描述：描述出该职位的任职者必须具备的知识、技能、态度和价值。

（2）能力现状评估：依据任职能力要求来评估任职者目前的能力水平。

使用这一方法的企业或培训经理普遍认为，当职位应具备的能力和个人满足职务的实际能力得到界定后，确定培训需求就变得容易了。

本节核心观点

可供选择的培训需求分析方法有九种：访谈法、问卷调查法、观察法、关键事件法、绩效分析法、经验判断法、头脑风暴法、专项测评法和胜任能力分析法。

第二节 实践中常用的四种分析方法

尽管可用于分析培训需求的方法有很多，但我们看到在现实之中，不同企业的培训经理在分析企业的培训需求时采取的方法有很大区别。根据我们多年观察，大致说来不同能力和环境下的培训经理比较偏好采用以下四种分析方法中的一种或两种：问卷调查法、经验判断法、胜任能力分析法和绩效分析法。由于上一节已经描述过这些方法，下面仅指出在使用这些方法中存在的一些值得培训经理们反思的一些问题。

◎问卷调查法

通过问卷调查法来获取员工的培训需求在理论上讲是可行的。但是，由于多种原因，这一方法在使用过程中，有时并不能收到理想的分析培训需求的效果。

一部分培训经理在使用调查问卷法分析培训需求时，通常采取的是开放式问卷和封闭式问卷相结合的方式。当然，也有的仅采取封闭式问卷或开放式问卷。从表3的示例可以看出这种方法的局限性。

表3 某公司连锁店经理培训需求问卷表

姓名:＿＿＿　分公司:＿＿＿　连锁店名:＿＿＿＿　联系方式:＿＿＿＿

为了使培训课程更加贴近您的需求,培训内容更加切合实际,对您的工作更有帮助,请根据自己目前对培训课程的需求程度做出选择。人力资源部渴望您对我们的培训工作提出宝贵的意见和建议。谢谢您的合作与帮助。

课程类别	备选课程	培训需求程度				备注
		高	中	低	无	
一般管理	管理者角色认知					
	管理的原则					
	团队建设					
	库存控制与管理					
	成本控制					
	非财务人员财务管理					
服务管理	客户满意服务					
	优质服务管理					
	投诉处理技巧					
	顾客类型分析					
自我管理	店经理日常培训组织、准备及授课技巧					
	如何营造良好的团队氛围					
	如何成为上级的左膀右臂					
	如何正确面对抱怨,解决工作中的矛盾					
	如何提高工作效率和降低工作成本					
	沟通技巧					
	目标管理					
	时间管理					
	如何建立良好的人际关系					
店员管理	班会组织与准备					
	如何正确影响他人					
	员工激励、督导艺术					
	员工性格分析和人员管理					
营销管理	销售人员素质、品格与态度要求					
	销售人员的潜能开发					
	销售心理学					
	销售前的准备					

（续）

课 程 类 别	备 选 课 程	培训需求程度				备注
		高	中	低	无	
营销管理	销售谈判技巧					
	销售人员的仪表和礼仪技巧					
	价格让步技巧					
	新产品的展示与介绍					
	对销售过程中的异议及突发事件的处理					
	怎样进行电话营销 如何与客户建立长久业务关系					
	如何进行市场调研和撰写调研报告					
店铺管理	生动店铺陈列					
	店堂 POP 制作					
办公技能	公文写作					
	网络基础知识与电子邮件的应用					
	电脑办公软件的使用操作					

如果您还需要其他方面的课程，请把课程名称写在下面：

1		6	
2		7	
3		8	
4		9	
5		10	

您认可何种授课方式：

授课方式	认可程度			
	很好	好	一般	差
讲授式				
互动讲授式				
实地演练式				
案例讨论式				
拓展训练式				

您更希望培训以何种方式进行，请在下面列出：

1		4	
2		5	
3		6	

您对培训时间及培训持续时间的要求：

采取这种问卷调查获取培训需求的"优点"有三个：

（1）简便省事。培训经理设计这样一份问卷最多只需一天时间。问卷设计好了以后，交由目标受训人员填写，便可获得所需要的信息。

（2）能够一定程度地反映出目标受训人员的意愿。因为需要学习什么样的课程，喜欢什么样的授课形式，都是由目标受训人员自己填写的，这可视为"充分反映"了目标受训者的需求，因而这种需求自然具有"真实性"。

（3）具有一定的"科学性"。问卷调查是一种普遍认同的科学方法，因此采取问卷调查获得培训需求信息便是"科学"的。培训经理甚至可以根据这种方法得来的信息，形成进一步的分析结论性图表以向上级呈报。

然而，这一方法的缺点是显而易见的，至少存在以下四点不可取之处：

（1）目标受训者通常并不清楚自己需要什么培训，在这种情况下，其所填写的培训需求就可能是无效的。比如，一位服务礼仪不佳的导购人员最需要礼仪方面培训，但如果她并不认为自己的礼仪存在问题，她就不会填写需要礼仪方面的培训课程，如果允许她自由填写的话，她很可能会填写需要家庭理财方面的培训，因为她认为自己需要提高这方面的知识和技能。

（2）很可能使培训成为应付工作的活动。这种获取培训需求信息的方法有一定的应付工作的嫌疑。对作为组织者的培训经理而言，采取这种"正式"的方法获取培训需求信息在领导那里好交差；对于填写人来说，出于组织的压力，他们不大可能拒绝填写，在不知道如何填写的情况下，就只好随便填写了。这种方法得来的培训需求一旦转变为培训计划予以执行，便可能是进一步的应付工作。

（3）培训需求十分多样，增加了形成培训计划的难度。采取过这种调查方法获取培训需求信息的培训经理一定有这样的体会：需求五花八门，究竟应该将哪些需求列入计划是一大难事。

（4）不利于培训经理的成长。由于这种获取培训需求信息的方法太过简单，即便那些毫无培训经验的人也能在很短时间内上手，以至于他们无法从工作中得到学习和成长。

培训需求分析是培训活动的第一步骤，如果这一步出现了差错，随后的所有步骤可能都会出现差错。因此，纯粹通过这种方法来获取培训需求信息的培训经理应当作必要的反思。

◎经验判断法

采取这一方法获取培训需求信息的企业十分普遍，即便是那些培训工作做得堪为标杆的企业也会一定程度地使用这一方法。通常的做法是，由公司领导或直线部门的管理者指明需要对哪些人做哪些培训。

这种获取培训需求信息的方法有效性来源于，由于管理者要达成自己的管理目标，他们往往能够"本能"地对下属人员实现目标的能力状况有所判断和期望，因而他们可以凭自己的经验判断出下属人员的培训需求。

但是，这一获取培训需求的方法也有其局限性。其局限性在于，公司领导和直线部门领导可能并不懂得如何做培训，他们虽然知道自己的员工哪些能力不足抑或应该通过培训提高哪些能力，却并不一定清楚采取什么课程和方式来培训。因此，当公司领导和直线部门的管理者直接指出要让他们的下属进行什么内容和方式的培训时，可能最终的培训效果会最大化或者可能出现性价比不高的情况。

此外，由于这种获取培训需求的方法比问卷调查法更为简便，仅仅采用此种方法来获取培训需求信息，将不利于培训经理的成长。因为，纯粹按这种方法获取培训需求信息，毫无培训经验的人都能做到。

◎胜任能力分析法

这是目前被许多培训经理看好的一种分析培训需求的方法。这种方法被普遍看好有其内在的逻辑：每一个岗位都需要有特定的能力，只要正确地定义了一个岗位所需能力和评估了从业人员的实际能力时，就可以看到差距，进而就可以厘清哪些差距可以通过培训予以弥补。这一方法的另一个好处是，可以显示培训经理的专业度。而且由于这一方法通常为著名的公司所普遍采用，在中小企业任职的培训经理们往往不自觉地倾向于采取这一方法。

采用这一方法在理论上讲是可行的，但在实践中碰到的最大障碍是，定义一个岗位所需能力并不容易，评估一个岗位从业人员的相关能力现状也不容易。一个事实是，由于每一个企业面临的内部情况和外部情况都不一样，不同企业所定义的能力模型是有很大差别的，比如我们找不出同是著名跨国公司的摩托罗拉和伟创力公司各自对其管理者能力所作的定义有什么相似之处（见图3-1和图3-2）。

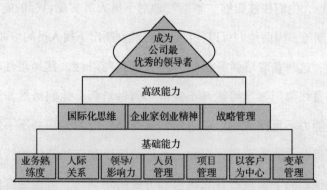

图3-1　摩托罗拉管理者核心能力模型

大多数中型规模以上且管理比较正规的企业已经建立了企业各岗位的能力模型，即便我们不怀疑那些模型所定义的能力是否准确，但如何对照模型对每一位在职者的实际能力进行有效评估，进而获知他们的培训需求，也是一个问题。

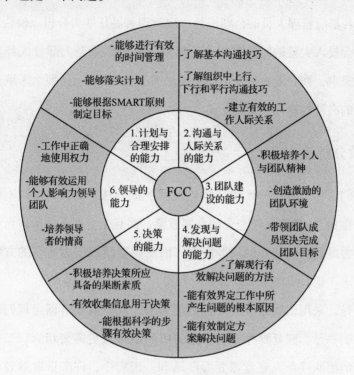

图 3-2　伟创力管理者核心能力模型

　　我们通过观察与分析发现，将这种方法用于分析和获取在基层岗位从事较简单工作的员工的培训需求是十分有效的，但一旦涉及到中高层级的员工，如从事管理工作和复杂技术工作的员工，这一方法的效果就可能会一定程度地存在问题，因为在企业组织的"金字塔"结构中，职务越往上走，越是难于定义其应具备的能力和能力现状。

　　采用这一方法还有一个问题值得培训经理们思考，就是可能会因此而发现大量需要满足的培训需求，因为采用这一方法的必然结果是，几乎每一个岗位从业者都存在一定的培训需求，是不是所有的培训需求都必须予以满足呢？通常，企业用于培训的资源总是有限的，在培训资源有限而培训需求多样的情况下，企业会优先满足那些既重要又紧急的培训需求。因此，采取这种方法获取培训需求信息时，应先有选择地进行分析，而不是采取普遍分析。比如，如果对一个拥有 100 名中层管理人员和 300 名基层管理人员的公司进行一次管理者胜任能力分析以确认培训需求，将会投入大量的时间和精力。如果分析的结果是大部分人都存在多种培训需求，而企业可以支出的培训经费只有 10 万元，那么采取这种分析方法的必要性就存在疑问了。

◎绩效分析法

我们认为这是一种比较"接近真理"的方法。因为，绩效不仅是企业的"生命"，更能反映企业的真实意愿，而且企业在不同阶段所面临的绩效压力最能反映企业的问题所在，因而朝着绩效压力所在的方向分析培训需求，更具战略意义或者更为务实。

但是，采用绩效分析法分析培训需求，依然需要培训经理们思考两个问题：一是，究竟哪种绩效状况的团队或个人更需要培训；二是，需要培训的团队或个人究竟需要哪些培训。现实中，许多采取绩效分析法而获取培训需求的企业，往往是在提高或改善绩效的名义下采取上述问卷调查法或经验判断法来获取培训需求信息的。

> **本节核心观点**
>
> 实践中常用的四种培训需求分析方法：问卷调查方法、经验判断法、胜任能力分析法和绩效分析法。

第三节 "五基"培训需求分析法

淘课根据多年从事企业培训和相关咨询服务的经验，提出了一个叫作"'五基'培训需求分析"的方法（见图 3-3），这一方法可有效地分析企业的年度培训需求，其中"基于业务流程的培训需求分析"、"基于胜任能力的培训需求分析"和"基于职务发展的培训需求分析"，可以用于分析任何项目性培训需求。

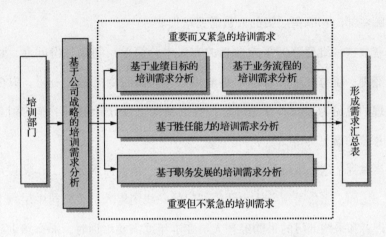

图3-3 "五基"培训需求分析的一般过程

"五基培训需求分析法"是指分别从公司战略、业绩目标、业务流程、胜任能力、职务发展五个维度来分析企业的培训需求。这是一套简单易用的培训需求分析方法。战略维度的培训需求分析是其他四个维度的培训需求分析的基础。而在公司战略维度之外的其他四个维度的培训需求分析中，应优先分析和满足业绩目标维度和业务流程维度的培训需求，因为这两个维度的培训需求是与公司的当期战略目标直接相关的。企业在满足了业绩目标和业务流程维度的培训需求后，如果有资源的话，再来分析和满足胜任能力和职务发展维度的培训需求。因此，我们通常把产生于业绩目标和业务流程维度的培训需求叫作"既紧急又重要的培训需求"，而把产生于胜任能力和职务发展维度的培训需求叫作"重要但不紧急的培训需求"。

◎基于公司战略的培训需求分析

基于公司战略的培训需求分析，用于分析和确认企业中的哪些部门和哪些职务层级的人员需要培训。在这一点上，无论哪种规模的企业，培训经理均是难于自己作出判断的。谁能对此作出判断呢？回答只能是：公司高管层。由于公司战略是他们制定的，他们最清楚实现当期战略目标，哪些部门和哪些层级的人员需要培训。

获取这一维度培训需求信息的方法十分简单：制作一份问卷，请公司总经理、副总经理和各部门总监填写；他们的意见不统一时，以公司总经理的意见为准或者在总经理授权的情况下以分管培训工作的副总经理或总监的意见为准。

当拿到了这一维度的培训需求信息以后，培训需求分析工作便锁定了范围。比如，当公司领导认为营销部门的一线销售人员、公司中层以上全体管理者和采购部门的采购经理人员在本年度需要培训时，那么培训经理就应该向这三个方向去具体探寻培训需求，而不必针对所有的部门和职务层级做广泛的培训需求调研。这可以大幅度地提高培训经理的工作效率，避免做无效工作，因为在没有重点的情况下，试图分析所有部门和职务层级人员的培训需求（如图3-4），工作量将非常之大，也完全没有必要。

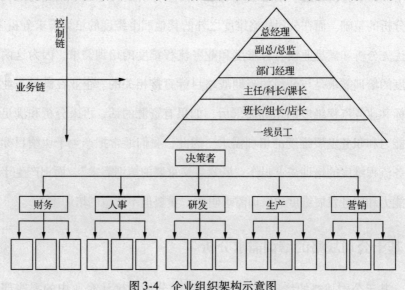

图3-4　企业组织架构示意图

◎基于业绩目标的培训需求分析

在拿到了公司战略维度的培训需求以后，培训经理就应着手分析已经被公司领导圈定的需要培训的部门和职务层级人员来自业绩维度的培训需求了。这一维度的培训需求分析，是要分析和确认在这些被圈定的部门和员工中，究竟是哪些人需要培训。

一般企业的惯常做法是，培训往往是针对一个部门或层级的所有人员的。这样做虽然看起来可以在一定意义上"降低"培训成本，比如许多企业会认为，请每天课酬为20000元的培训师到企业做一次内训，听课的人越多，成本比较划算。但事实上，同一部门和层级的员工对一个具体课程的需求大多是不一样的，一些没有学习过某一课程的人员希望学习，而那些已经学习过这个课程的人员则可能没有重复学习的兴趣。在这种情况下，课程的内容设计无论是试图满足已学习过此课程的人，还是试图满足未学习过此课程的人，或者是试图同时满足两类人，其效果都会打折扣。

基于业绩目标的培训需求分析，就是通过分析一个部门或岗位层级人员的业绩表现情况来了解培训需求。通常，业绩压力较大和压力中等的员工更需要培训（见图3-5）。

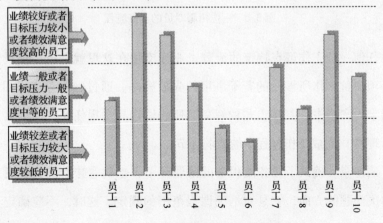

图3-5 员工的业绩压力与培训需求

这一方法操作起来也很简单。培训经理通过一定的方法与目标受训部门和职务层级的上一级管理者进行沟通即可获取相关信息。因为每一个团队的直接领导者都知道他们下属的业绩情况以及压力所在，通常业绩越差，业绩压力就越大。

在分析业绩目标维度的培训需求时，不应即刻定义目标受训人员应该或需要接受什么课目的培训。定义什么课目是下一分析方法要来解决的问题。

◎基于业务流程的培训需求分析

在确定了哪些具体的人员需要培训以后，接下来就要分析对这些人员进行哪些培训了。淘课经过多年的探索发现，回答这一问题的有效方法是画出目标受训对象实现工作的业务流程（也可称为工作流程），并通过分析业务流程中的薄弱环节来分析和确认培训需求（见图3-6的示例），因为通常那些薄弱环节就可能是需要通过培训来加以改进的地方。

图3-6 一位招聘专员的业务流程

任何一项工作都有特定的流程。业务流程在这里就是指一位员工完成一项岗位工作所涉及的若干事项的先后顺序。通过画业务流程图，结合当事人和当事人直接上司的意见，便能够轻易发现任何一位员工（包括管理者）完成工作过程中的薄弱环节。

请注意，确认了业务流程中的薄弱环节，也就意味着确认了通过培训解决问题的方向，它是对培训课程范围的圈定。这时，不应确定具体的培训课程内容是什么，因为具体的课程内容确定最好放在培训计划的执行阶段完成。

◎基于胜任能力的培训需求分析

上面说过，来自胜任能力维度的培训需求属于"重要但不紧急的培训需求"。但在企业的培训资源较丰富的情况下，或者在企业认为还有必要从胜任能力维度来分析特定员工的培训需求时，便可采用基于胜任能力的培训需求分析法来分析培训需求。

通过分析胜任能力来发现和确认培训需求的一般做法是先要有或先要建立胜任能力模型。但对那些没有建立胜任能力模型企业的培训经理来说就有难度了，因为建立一个岗位的胜任能力模型需要大量的时间，与方方面面的人进行沟通，并且这一般说来又并非培训经理的工作，而是人力资源部门要做的事情。有鉴于此，我们一般建议同时采取前述经验判断法和上述业务流程分析法来获取胜任能力维度的培训需求信息。

◎基于职务发展的培训需求分析

这一维度的培训需求分析，从理论上讲要求企业对有关人员进行职业生涯规划，即描述他们未来职业发展的路线。有了发展路线，便知道他们下一个工作岗位可能是什么，并分析其现有能力与实现下一岗位所需要的能力之间存在的差距，以此来确认要对其进行哪些方面的培训。

虽然大多数企业并没有对员工进行职业生涯规划，但这并不意味着企业就不能基于职务发展的维度来进行培训需求分析。因为，虽然大多数企业没有这样的职业生涯规划，但每一个企业都有"人才梯队"或"储备人才"，他们通常是企业准备让其担任更高一级职务的人，因为随时可能出现人员离职、退休、升迁、降职、平行调动等。此外，企业扩大产销规模、发展新的业务也需要有相应规模的后备人才。

基于职务发展的培训需求分析对企业建立相关岗位的胜任能力模型

的依赖是显而易见的。对于已经建立了胜任能力模型的企业来说，可以依据前述基于胜任能力的培训需求分析的方法来获取特定人员职务发展维度的培训需求；对于还没有建立胜任能力模型的企业来说，建议同时采取前述经验判断法和业务流程分析法来获取需求信息。

本节核心观点

"五基"培训需求分析法，是分别从公司战略、业绩目标、业务流程、胜任能力和职务发展五个维度来分析企业的需求。

自我开发练习

请写下您阅读本章的感想：

请写下您想要与本书作者沟通的问题：

第四章
培训计划制订

　　培训需求不等于培训计划。因为，企业的培训需求是多样的，甚至是"无限"的，而企业能够投入的培训资源（资金和时间成本等）却是有限的，因此只有那些培训资源可以满足的培训需求才能最终形成培训计划。但是，如何利用有限的培训资源满足更多的培训需求，这一点值得认真考虑！

本章目录

☆ 培训计划书的内容结构

☆ 定义学习方式

☆ 预算不足的解决办法

☆ 一个重要误区

本章将围绕制订年度培训计划所涉及的相关问题展开讨论，目的是让培训经理朋友们了解一份年度培训计划书应有的内容和结构安排，所涉及的学习方式选择有多么重要，以及在培训经费不足情况下的处置策略。希望本章的内容对培训经理的工作带来实质性帮助。

第一节　培训计划书的内容结构

为了呈现未来一年培训工作的整体思路和具体工作计划并以此争取公司领导对培训工作的支持，培训部门需要在新的工作年度到来之前或到来之后的第一个月内，向公司领导提交一份关于新一年度公司培训工作的整体计划书。

一份好的年度培训计划书应具有以下几项功能：

（1）能够充分地展示培训部门对公司未来一年培训工作的整体思考；

（2）能够让上级领导清楚地知道，培训部门准备做哪些具体工作，以及为什么要做这些工作；

（3）能够让上级领导清楚地知道，培训部门做这些工作将要投入的资源和获得的回报；

（4）针对上级领导可能出现的所有主要疑虑的相关问题，培训部门都有应对方案；

（5）能够让上级领导感觉到培训部门人员的敬业精神、责任感，并具有较高的专业能力。

一份完整的年度培训计划书，应该包括以下八项主要内容：

（1）内容摘要；

（2）培训需求调研过程和结果概述；

（3）年度培训工作目标；

（4）分类培训/学习计划；

（5）培训预算；

（6）培训效果测量方法；

（7）培训效果保障措施；

(8) 问题和建议。

下面我们将逐一对其进行介绍，以使培训经理们更清楚地了解撰写一份"好的"培训计划书所涉及的内容和应注意的技巧。

◎内容摘要

它是对计划书整体内容的高度概括。通过阅读这部分内容，阅读者能够在第一时间知道制订培训计划的原因，涉及的培训对象，将采取的培训方式和内容，要达到的目标，要投入的资源，将可能碰到的主要问题及解决措施等。一份简明扼要的内容摘要以不超过 1000 字为宜。

◎培训需求调研过程和结果概述

这是计划书的开篇部分。它所要介绍的是培训部门在做这份培训计划书之前所做的培训需求调研的内容、经过，获得的数据以及相关分析结果。

陈述培训需求调研的过程和结果有两层目的：一是要向阅读者说明/证明培训计划书不是凭空想出来的，而是采取科学的方式、经过大量的调查与分析得来的，企业有必要重视和满足特定员工的培训需求，并且是值得投入相应的资源的；二是要向阅读者暗示，培训部门人员是有责任心的，工作是认真的，专业能力是过硬的，因而公司管理层应当充分尊重培训部门已经付出的劳动。

由于在培训需求调研的过程中，一定会涉及到大量的人员参与、大量的方法和表格使用，并在调查结束后进行过大量的统计分析，先后投入了大量的时间，故在该部分应分项逐一加以说明。但考虑到阅读者的时间和耐心，这部分的说明不宜过细，最多不应超过三页纸的篇幅。相关详尽的且有必要让阅读者了解的内容应以附件的形式加以呈现。

◎年度培训工作目标

在完成上一部分内容之后，就应该直截了当地表明年度培训工作的目标。年度培训工作目标的表述在相当程度上也是对培训部门年度主要工作目标的表述。因此，它不仅是要告诉阅读者本年度培训工作将要解决的问题和取得的成果，而且也是在向阅读者暗示本年度培训部门的意愿、决心和工作方向。

培训目标可以分为以下三大类：

提高员工的角色意识　员工只有完全融入企业，才能充分履行其职务。这一点对于新进员工和新晋升到某一岗位的员工来说尤其重要。俗话说，"良好的开端是成功的一半"。如何使新员工和新进入某一岗位的员工熟悉企业对他们的要求、消除陌生感，以一种良好的方式开始工作，对他们未来的工作表现意义重大。

使员工获得新知识和技能　通过培训，可以提高员工实现工作所需的知识和技能水平。这些知识和技能通常又分为以下几种：① 基本知识。如工作语言、行业规范等。② 人际关系技能。它是指工作中普遍需要用到的沟通技巧和合作能力等。③ 专业知识和技能。这些知识和技能是做好企业中某一具体工作所必需的，如机床工必须掌握机床的操作技巧，销售人员必须掌握销售的策略与技巧，财会人员必须懂得《会计准则》和某些财务软件等等。员工学习了新的专业知识和技能，可以提高其实际工作绩效。④ 领导与管理技能。这类技能主要是针对中高级管理人员而言的，包括提高他们的领导艺术、战略规划能力、经营决策能力、目标计划能力、团队管理、管理沟通技巧、自我管理能力等等。

使员工的态度、动机发生转变　通过培训，可以提高员工对公司与工作的认知，并使员工充分地理解更高效的工作对自身的意义，从而改变工作心态，形成良性的工作动机，进而提高工作能力和改善工作绩效。

在具体表述年度培训工作目标时，最好要把目标分为以下三个层面：

第一层为单项分类培训目标。需要说明每一单项培训活动要达到的目标。比如，针对中层管理人员培训要达到的具体目标；针对具体的销售人员培训要达到的具体目标；针对新员工培训要达到的具体目标等等。这一层次的目标相较于另外两个层次的目标更为核心。

第二层为辅助性培训管理工作目标。是指完成上述单项分类目标需要建立的条件及达到的目标，它是培训部门围绕完成单项培训目标而进行的培训方式或培训管理措施的创新。比如，增加 10 名内部培训师，使他们每人具备讲授 1~2 门课程的能力；又比如，完善培训供应商管理体系，从而保证外购课程的品质并使外购课程的采购成本降低 10%；还比如，增加员工培训后知识和技能应用管理，通过课后测验、行为观察、绩效评估等手段以促使学习者将所学知识和技能应用于实际工作之中。

第三层是企业整体年度培训发展目标。是指通过实现以上两层目标，企业在学习型组织建设方面将要达到的状态。但这一层目标的描述不应是笼统的，而应尽可能地做到具体可衡量。比如，使公司的内部专兼职培训师达到 30 名，使当年由内部培训师执行的课程达到 3800 课时；又比如，使企业内部的标准化课程达到 80 门。还比如，使全公司年人均得到 20 小时的培训；再比如，使中层管理人员自学 4 本规定的管理类图书，考试通过率达到 90%。还应包括我们将要在第八章中倡导的"结果导向的个人学习"和"结果导向的组织学习"的相关目标。

◎分类培训/学习计划

就是对本年度计划进行的培训和学习活动分门别类列出清单，目的是让阅读者对培训部门一年当中将要组织哪些具体的培训活动一目了然。这里所说的分门别类，是指将针对不同部门或层级的人员要进行的培训和学习活动列出清单。清单须具体说明哪些人在什么时间将接受哪些内容和形式的培训和学习，并且说明每一具体的培训和学习活动所要实现的目标。

要特别指出的是，员工学习不止于常见的聘请外部培训师来企业做内训、让内部培训执行内训和派员工外出学习三种形式。还包括本章第三节将要介绍的视频学习、有组织的读书活动、有组织的师带徒、有组织的内外部标杆学习等等，以及第八章将要提出的"结果导向的个人学习"和"结果导向的组织学习"所涉及的内容。在制订培训计划时，一定要说明采取什么培训和学习方式。如果在培训和学习方式上不明确，则培训计划必定流于空谈，是没有任何意义的。

同时还应注意，对于采取非课堂形式的学习，还应清楚地介绍将要采取的组织形式。因为这类学习活动可能不为公司领导所熟知，对其作必要的说明，有助于他们了解这类学习形式，并增加他们对培训部门的价值认同感。

◎培训预算

这是所有类型培训计划的必备内容，没有预算的培训计划不能构成真正意义上的计划。培训预算是对计划周期内要举行的培训和学习活动所涉全部直接费用的计算结果。预算必须做到精细缜密才具有说服力，才能获得公司领导的审核通过。

需要指出的是，预算源于计划培训和学习活动的数量和组织形式，来自数量维度的预算很容易计算出来。培训部门在制订培训计划时，关注的焦点不应只是预算本身，而应将目光更多地聚焦于构成培训和学习预算的因子上。一次由内部培训师执行的培训活动和由外部培训师执行的培训活动所需要的花费有天壤之别；通过一次有组织的读书活动获得某一专项知识与通过参加外部公开课的形式获取同样的专项知识，最终效果可能不相上下，但费用却存在天壤之别。有经验和责任心的培训经理会通过在培训形式上精心策划，用较少的经费满足较多的培训需求，而缺少经验和责任心的培训经理则很可能会通过选择"高质高价"的培训课程，使既定的培训经费只能换来较少的员工学习机会。

在现实中，许多企业并不是基于培训需求在做培训预算，而是正好反过来——基于培训预算总额来选择满足那些既重要又紧急的培训需求。这是十分正常的。问题只在于，你是尽最大可能用有限的培训经费去满足更多的培训需求，还是让有限的培训项目消耗掉本来就不多的培训经费。请一位郎咸平式的名人到企业做两天讲座大约要花去 10 万元，而 10 万元的培训费用其实可以安排许多次学习和培训，学习效果也会大大地超过请名人做一两天的讲座。你是擅长于花钱请名人的培训经理，还是擅长于把 10 万元培训经费掰成很多小块来花的培训经理？不幸的是，由于许多企业的内部管理政策和文化存在问题，有许多培训经理宁愿选择"花钱买安全"，而不愿意去尝试可能出现"好心办错事"的更经济和更有效的培训与学习方式。

◎培训效果的测量方法

在一份高质量的培训计划书中，还应包括培训活动效果的测量方法。虽然在前面的表述中我们已经分别两次指出要在两个部分说明培训项目的目标和单一培训活动的目标，但预设的目标往往只是"拍脑袋"的结果，严谨的阅读者必然会关心预设的目标届时将如何测评出来。因此，在培训部门向上级领导提交的培训计划中应包括这方面的内容。

在培训计划中说明培训效果的测量方法有三层意义：一是便于公司领导审议通过培训计划，不能被通过的培训计划是没有价值的。二是培训部门自身应当认识到，每一项活动都应有其效果的测量方法，不能被测量就不能有效地管理与控制培训活动的过程（培训经理经常思考这一问题，并不断探索和尝试相关方法，将有助于其专业能力的提升）。三是可以提高培训部门在组织内部的专业形象，在内部的专业形象越高，培训工作获得各方面支持的可能性也就越大。

◎培训效果的保障措施

这也是一份高质量的培训计划书不可或缺的内容。

这里所说的"保障措施"特指影响培训效果的管理措施。举例来说明，要想保证一次《团队建设》的内训课程取得好的效果，通常需要做到三点：一是在培训之前做好课程需求调研，这样可以一定程度地保证培训内容和形式能够满足学习者的主观和客观要求，同时有效的课前调研还能起到一定的"热身"作用——使学习者在没有展开正式学习之前便能进入对相关问题的思考状态。二是做好授课过程管理，包括强调课堂纪律、控制培训师授课节奏、运用富有情趣的奖罚手段和游戏活动，事前设计针对"问题学员"和"意见领袖"的预案等等。三是做好课后跟进服务与管理，包括进行形式多样的培训效果评估、组织知识竞赛、应用经验分享会，将学习者在工作中创造绩效的经验进行分享等等。

换言之，在培训计划书中，应有针对每一类别的培训与学习活动的质量保证措施。在这一点上，我们不建议培训经理们在每一次制订计划时都进行大量的创新。事实上，保障课程效果的方法不在复杂，也不在新颖，有效性是唯一的标准，而有效的方法往往就是那些可以简单重复的方法。

◎问题和建议

这是一份完整的培训计划书最后一部分内容。在这一部分，应简要说明执行本计划将可能面临的问题，包括公司领导对培训支持方面的问题、经费投入方面的问题、内部培训师管理方面的问题、企业学习文化环境方面的问题等等，这些问题都是培训部门无法自行解决的。在陈述可能会碰到的问题之后，还应针对问题提出相应的对策建议或要求。

但这部分的内容并不是一份培训计划必须有的内容。因为在没有问题的情况下，也就不存在问题和建议了。但通常情况下，培训计划在执行过程中一定会涉及这样或那样的培训部门自身无力解决的问题。在这个意义上讲，本部分的内容以有为最好。培训经理在提交培训计划时如果不首先把可能碰到的问题提出来，将没有人替他们想到那些问题。

本节核心观点

> 一份完整的培训计划书应包括八项内容：摘要；调研过程和结果概述；培训工作目标；分类培训计划；预算；效果测量方法；效果保障措施；问题和建议。

第二节　定义学习方式

接下来我们讨论学习方式问题。这是因为学习方式是一份培训计划书的灵魂所在。有两点直接理由可以说明这一点：一是，所有有组织的培训或学习活动都必然要落实到一定的学习方式上，离开一定的学习方式，培训计划便不成其为真正意义上的培训计划，而只是一种想法或打算。这正如有人说他想要到美国去旅游一次，你可以说这就是他的计划。但如果他没有说明他何时去美国、去美国干什么，跟谁一同去美国，采取什么方式去美国，将去美国哪些地方，将在美国待多长时间……那么，他去美国的想法便不是一个计划。

二是，没有具体的学习方式便不可能计算出需要的培训预算，而没有具体预算的培训计划不是完整的计划，至少是很难获得通过的计划。假定有一位培训经理说他计划在 2011 年度让公司的中层干部到美国一些大公司去参观学习一次，如果他不能说明拟议中的这次参观学习具体怎么进行，他就无法做出这次参观学习的预算，不能做出这次参观学习的预算，他的"计划"将一般不能获得公司领导的通过。

所以，我们说在制订培训计划时必须考虑学习方式。但这是一个十分麻烦的问题，因为有太多让人眼花缭乱的员工培训或学习方式可供选择，面对众多的选择，培训经理们应该如何做呢？本节就来专门讨论这一问题。

◎学习方式的选择原则

企业培训最初始于有组织的员工课堂学习：一位培训师或专家在讲台上用人们可接受的方式传授特定的知识和技能。由于在实践过程中人们发现这种学习方式不仅成本高而且效果不尽理想，于是近十年来不同的组织都在努力创造新的学习方式。这一动因加上日新月异的新技术的推波助澜，新的培训与学习概念就像网络新词汇一样在快速不断地被创造出来。以下列举的只是近年来被创造的培训与学习新概念中的一部分：

A-learning（行动学习）、B-learing（混合学习）、C-learning（面授课程）、E-learning（电子化学习）、G-learning（游戏学习）、M-learning（移动学习）、U-learning（无处不在的学习）、电影学习、嵌入式学习、非正式学习、跨界学习、标杆学习、会议学习、情境学习、学习社团、海外培训、认证培训、按需学习、博客学习、混合式学习……

面对这些学习新概念，王成、陈澄波等在《从培训到学习》一书中曾发出这样的感慨："那些数不清、道不明、层出不穷、相互交叉的学习方式是不是让你头晕不已？也许它是培训工作中早就广泛应用的手段，只是换了个新名字而已；也许它是上级领导引进的新概念，可最前沿的学术界都还没有统一的认识，你怎么去执行实施？也许它是外脑公司推荐的流行新趋势，可是真的适用于你们公司吗？"

其实，面对形形色色的学习新概念，培训经理有必要保持清醒的头脑：无论人们出于怎样的动机试图运用新概念来定义学习的含义，学习的根本目的一直未曾变，也永远不会改变：让学习者更好地掌握学习内容，达到更好的学习效果。因此，培训经理无需像学者那样去深入研究形形色色的学习方式的学术前沿定义，"只需知道常规情况下，面对何种学习者、教授何种内容，需要采用何种学习方式即可。"

面对形形色色的学习新概念，淘课近年来一直在提醒参加 TTM（培训培训经理）课程学习的培训经理们注意："只有培训经理可以自主掌控的学习方式才是值得考虑采取的学习方式。"因而，"可以自主掌控"就是我们倡导的选择学习方式的基本原则。那么，什么又是培训经理可以自主掌控的学习方式呢？我们对此给出的标准是：学习内容和形式可以由培训经理发起、学习过程可以为培训经理完全或部分控制、学习成果能够完全或部分计为培训经理的业绩的学习方式。下面我们列举的 12 种学习方式就属于这类学习方式。

◎12 种可控的学习方式

培训经理可自主掌控的学习方式有许多种，在此我们仅列举 12 种：① 聘请外部讲师做内训；② 内部讲师执行内训；③ 外派员工学习；④ 内部标杆学习；⑤ 企业学习期刊；⑥ 发起专题自学与创新活动；⑦ 师带徒/导师制；⑧ 外部标杆学习；⑨ 组织视频学习；⑩ 组织读书和知识竞赛活动；⑪ 组织问题分析会；⑫ 在线学习（E-learning）。

1. 聘请外部讲师做内训

这是最常见的培训方式之一，已经为企业普遍采用。这种培训方式的通用形式是，选择一位来自外界的培训师，将需要培训的人员集中在一个特定的空间内，由那位培训师运用一定的专业培训设备和技巧对他们进行为期半天至三天不等的专门主题的培训。

这一培训方式的优点是：

（1）将人员集中在一个特定空间里学习，避免了各种可能的干扰，学习效果相对较好；

（2）培训师有专业培训经验，了解成人学习的特点，善于使用专业的培训技术和技巧，容易调动学习者的学习兴趣；

（3）培训师可能具有企业内部培训师或管理人员所不具备的丰富的经验和知识，可以为学习者带来新的知识和技能；

（4）由于这类培训师是"外来的和尚"，他们容易在学习者的心目中造成权威感，这将有利于学习者接受培训师的观点。

这一培训方式的弱点是：

（1）成本较高。培训师的课酬、培训师及其助教的交通食宿费、培训场地和器材费、学习者脱产培训的直接工资成本等，每天培训的直接成本在4万元左右（培训师课酬约15000元/天；按30位学员计算，每天工资成本约21000元；其他费用约4000元）；除此之外，由于外部培训师不了解企业内部情况，他们在实施培训前往往需要进行需求调研，而任何调研活动都会导致企业资金和时间成本的增加；

（2）培训师所授予的知识和技能可能并不适应企业的实际需要；

（3）培训师在培训中所传达的某些信息可能导致学习者对本公司形成不满，或可能引起内部的观念冲突。

2. 内部讲师执行内训

越来越多的企业出于培训成本和效果的考虑，开始越来越注重内部培训师的培养和运用，特别是那些消费品领域的大企业，它们比其他企业更注重内部培训师的培养。

使用内部培训师的优点：

（1）成本低，这一点无需解释；

（2）他们十分了解企业内部环境及学习者的情况，无需调研便能设计和实施有针对性的培训项目；

（3）他们培训的形式可能不如外部培训师那样专业，但培训不会偏离企业对学习者的基本要求；

（4）不会造成观念冲突；

（5）他们往往能够把传授的知识和技能与企业对员工的制度性考核和管理要求糅合在一起，因而培训的实际效果（而不是意识到的效果）往往更好。

使用内部培训师的弱点：

（1）内部培训师的专业度可能不如外部培训师；

（2）内部培训师的知识面可能相对较窄，不能适应学习者对多样化知识和技能的要求；

（3）内部培训师可能在学习者心目中缺乏外部培训师那样的"权威"感，因而不利于学习者接纳他们的观点。

3. 外派员工学习

是指派出员工参加外部培训机构或大学主办的培训课程、讲座、进修或职业认证课程。参加这类培训的往往是企业中层级较高的管理人员和技术人员。

这种培训方式的优点是：

（1）在参加学习的人员较少的情况下，学习成本相对于外请培训师来企业内部授课成本较低；

（2）由于参加这类培训班的往往有来自多行业的学员，学员之间可以相互交流实践经验；

（3）在这类培训班上，培训师可以无所顾忌地讲授新思想和新观念，因而学员可以学习到新的有用的知识和技能。

这种学习方式的弱点是：

（1）成本依然较高；

（2）企业无法控制参训人员的行为和知识掌握情况；

（3）由于参与这类培训为学习者提供了交友的机会，学习者也可能成为其他企业"挖角"的对象。

4. 内部标杆学习

内部标杆学习，就是在企业内部树立学习榜样，包括榜样部门、榜样人员、榜样班组等等。"榜样的力量是无穷的"，企业如果善于树立榜样让大家学习，其学习效果可能是其他培训方式无法比拟的。

树立内部标杆要注意两点：一是所树榜样必须让人心悦诚服；二是要整理出文字资料指导其他员工学习。

这种学习方式一直以来是作为一种管理手段被大量的企业使用的。但现在已经有越来越多的企业培训经理开始把内部标杆纳入到了自主掌控的学习方式的范围。

培训经理掌控这一学习方式一般需要依次采取三种方法：

一是，获得内部先进组织和个人的相关信息。这些内部先进的组织和个人不是培训部门授予的，而是企业组织通过一定的评比方式产生的，通常为周期性奖励对象，培训部门要做的就是把那些已经被企业授予先进的组织和个人作为鲜活的培训教材来看待和使用。

二是，收集整理他们的先进事迹，并把他们的先进事迹转换成为可观摩、可阅读、可收听、可传授的真实的案例。

三是，通过组织观摩、让先进分子现身说法、案例讨论、将案例穿插到特定的培训课程中等方式来传播先进者的经验。

5. 企业学习期刊

这是我们的一个独特主张：企业培训部门可以通过编辑一份电子或纸质内部期刊（或者设计一个专用内部网站），用以有计划地向内部特定的员工传授特定范围的知识、技能和相关信息。这一学习方式不仅对企业学习型组织的建设有很好的推动作用，而且如果操作得当，员工能够从中学习到大量的知识和技能，同时对集中呈现培训部门的工作绩效也具有不可低估的作用。

企业只需指派 1~2 名员工作为编辑人员并在企业内部和外部发展若干特约撰稿人就可以展开这种方式的学习，因而学习成本十分低廉，尤其是在采用电子媒体的情况下。这一学习方式的关键点在于编辑人员和受聘作为特约撰稿人的水平怎么样，其中编辑人员的组织能力和版面设计人员的平面设计水平将直接决定这种学习方式的效果。

中小规模的企业在不具备编辑一份学习期刊的情况下，可以利用墙报和板报的形式进行相似功能的实践。

6. 发起专题自学与创新活动

这是学习文化建设良好的企业可以长期致力的一项学习活动。它是建立在员工个人自学与创造知识的理论观点基础之上的（参见第一章第三节和第八章的相关论述）。

培训部门通过精心策划，在公司领导的支持下和直线部门管理人员的配合下，来推动特定专题的员工自学和创造活动，能够收到积极的学习效果。比如，面向全公司员工发起以成本节约为主题的个人自学与创新活动，面向销售服务部门全体员工发起以提高顾客服务质量为主题的个人自学和创新活动等等。

这一学习方式的有效程度受制于三个关键点：

一是主题活动的意义对公司发展的意义越大，成功的可能性越大；

二是公司领导的支持程度越高，成功的可能性越大；

三是对员工的精神和物质刺激越大，成功的可能性越大。

还应指出的是，这一学习方式能否持续采用，在极大程度上取决于过去采取这类学习活动所收到的成效。因此，富有成效地策划与组织这类学习活动是这一学习方式得以持续的核心变量。

7. 师带徒/导师制

许多公司通常会在新员工入职时，把一位或多位新员工分配给一位经验丰富的老员工，由老员工帮助新员工掌握他们实现工作所涉及的各种知识和技能。这种方式就叫做师带徒。它被广泛采用的理由是，老员工有足够的工作经验，当他们对应具体工作需要，指导新员工学习时，能够迅速使新员工进入工作状态，并建立起工作能力。但这种方式的效度会受制于老员工的经验和心态。如果老员工本身的经验缺乏或者对公司心存抱怨，则他们可能会把新员工教"歪"。

要使师带徒的学习方式发生理想的作用，应该做好两点：

一是要对"师傅"进行科学的评估和选拔，并辅以适当的激励手段；

二是要形成师带徒的教学模式和标准。

与师带徒学习方式相似的是导师制。采取导师制有两种经验可循：一是指定内部资深的主管作为新员工或资历浅的员工的导师，二是聘请一位或多位外部专家顾问作为特定岗位人员的导师。二者的共同特征是，当"学生"在工作中碰到问题时，可以随时或定期向导师请教。导师在学生有请求时，会尽力给予指导。近年来不断有舆论反映一些企业在尝试导师制方面并不成功。而据我们的分析显示，所谓不成功往往是因急于求成造成的。一位合格的导师一定是可以帮助他的"学生"提高能力的，只是可能需要给他以必要的时间与激励，过去手艺师傅手把手带徒弟需要3~10年才能满师，现代的硕士生导师带研究生也需要2~3年。这里只是存在两个与上面的师带徒相同的问题：一是如何对"导师"进行科学的评估和选拔，并辅以适当的激励手段；二是要形成导师制的一套教学模式和标准。

师带徒和导师制过去一直是作为一种学习方式被企业界应用的。企业组织增加培训职能之后，许多企业的培训经理却并不正视这种学习方式的价值。这是一种认识上的误区，而这种认识误区的产生往往与培训经理以为这种方式不能体现自身的工作业绩有直接关系。其实不然，如果培训经理善于发起、善于推动和善于总结，这也将是一种能够很好帮助培训经理建立影响力的学习方式。

8. 外部标杆学习

外部标杆学习的典型模式是，派出特定的人员前往著名的企业参观，之后由懂得这家企业发展历史和管理发展经历的人士讲解这家企业在某些方面的经验与成果，使学习者从中得到某种教育或启示。

这种学习方式的最大魅力在于它能够使学习者"身临其境"地感受一家企业在某些方面的经验，它往往不仅在形式上更能调动学习者的兴趣，而且实际学习的效果也优于理论讲解式的学习形式。

这种学习方式毫无疑问是培训部门可以自主掌控的。采取这种学习方式只有两个关键点：一是能否联系到真正值得参观学习的标杆型企业；二是所找到的讲解人是否真正透彻地了解这家企业。

9. 组织视频学习

现实中的许多中小企业经常采取这种学习方式。它们的通常做法是：买来著名培训师的视频课程，组织特定的人员集体观看。毫无疑问这种学习的成本是十分低廉的。

但需要指出的，在"自由放任"的条件下组织员工收看培训视频的学习效果在多数时候并不好。要解决视频学习的效果问题，需要"创造性学习"。所谓"创造性学习"是指，培训经理在组织有关人员集中进行视频课程学习之前，自己要"消化"视频课程，并将视频课程中培训师讲述的内容与本公司的实际工作结合，列出若干问题，在组织学习的过程中，每收视一部分的内容后，询问大家"记住了哪些概念、观点和方法"，同时抛出一个或多个与现实工作联系紧密的问题，让大家充分展开讨论。

10. 组织读书和知识竞赛活动

这是一种成本极小但效果正面的学习方式，且是可以由培训经理完全掌控的学习方式。一方面它可以使员工从读书和知识竞赛中学习到知识和技能，另一方面可以培养员工自我学习的能力（许多员工十分欠缺这种能力）。

采取这一学习方式的一般组织方法是：培训经理精心选择一部分实用性强的图书，每一个时间段（比如一个月）发给特定的员工一本书，要求他们在业余时间阅读，并在规定的学习周期结束时将阅读者集中起来，通过有奖竞赛的方式回答相关概念、观点和方法，以便进一步理解书籍中的知识点，还可以让阅读者介绍在实际工作中运用所学知识和技能的经验体会等等。

这种学习方式特别需要的是"坚持"。坚持采取这种方法，一定会积累很好的成果，但问题是许多人往往不愿意坚持，并且十分善于为不能坚持找借口。

11. 组织问题分析会

是指将特定的人员集中起来，就工作中的某些问题查找原因并寻找解决方案。这同样是一种值得培训经理创造性采用的一种学习方式。运用好这种培训方式，可以收到很好的学习效果，而且其成本几乎可以忽略不计。

采用这种学习方式需要组织者懂得并善于运用"脑力激荡"、"鱼骨图"等分析方法。当然，各部门或工作团队平时养成的工作氛围将是决定采取这种方法能否产生好效果的关键点。

12. 在线学习（E-learning）

这种学习方式是指在由通信技术、微电脑技术、计算机技术、人工智能、网络技术和多媒体技术等所构成的电子环境中进行的学习，因而也称为基于技术的学习。E-Learning 概念一般包含三个主要部分：以多种媒体格式表现的内容；学习过程的自动化管理；以及由学习者、内容开发者和专家组成的网络化社区。在快节奏的文化氛围中，各种企业都能够利用 E-Learning 让员工把知识转变为竞争优势。

E-Learning 的优势在于灵活、便捷，员工可以在任何时间、任何地点进行学习。但是，E-Learning 也有其局限性。其局限性当前主要表现在：1）缺乏人性化的沟通。网络人为地拉大了人与人之间的距离，为直接的情感交流设置了障碍。缺乏员工间、培训者与学习者之间的情感沟通，学习的效果可能会打折扣。2）实践功能薄弱。要真正获得和掌握知识和技能，仅仅通过 E-Learning 的讲解还不够，还必须亲自参与练习才能在现实环境中运用所学。3）学习内容和技术方面的局限。在学习的内容上，国内比较缺乏高质量、多媒体互动的 E-Learning 课件和平台，不同的界面、重复注册、没有标准的软件、在线课程的不同格式，都是这一学习方式目前面临的重要问题，如此一来，不仅不易管理，而且耗费很大。因此，许多公司花费巨资建立或购买的 E-Learning 系统，实际学习效果却远远低于当初的预期。

不过，没有人否认这是一种预示未来的革命性的方式。

本节核心观点

　　只有培训经理可以自主掌控的学习方式才是值得考虑采取的学习方式。

第三节　预算不足的解决办法

许多企业的培训经理在做年度培训计划时碰到的一个尴尬问题就是培训预算不足。培训预算不足意味着一部分培训需求甚至是相当多的培训需求不能得到满足，或者是意味着培训经理想做的培训活动无法进行。进一步的推理是，因为预算不足，没有太多的培训可做，培训经理存在的价值也就自然打折扣了。

但是，培训预算不足区别于毫无培训预算。在毫无培训预算的情况下，培训经理做出的培训计划中，通常也会提到需要的培训预算，但能不能获得批准就得靠运气了。现实中有许多企业不愿意在年初给予明确的年度预算，但在年度工作过程中却会零碎不断地支出培训费用。这里面有一个决策者的心理症结：一次性拿出一大笔钱他们一定会心疼，零打碎敲地花掉更大一笔钱他们则不会心疼。

本节将要讨论的问题是，在企业有了明确的培训经费预算额度，但培训预算显然不足以满足企业的培训需求的情况下，培训经理如何做培训计划。

我们首先要表明一个观点：资源不足是一个相对概念和一种必然现象。现实中的几乎所有组织和个人在实现某种理想时大都会面临资源不足的问题。在资源充盈的情况下，人们会产生雄心勃勃的计划，直到"资源不足"。人类精神的可贵之处在于，在受限于资源不足的情况下也能为实现自己理想的事业而奋斗不息，即通过创造条件而实现理想，人类因此而得以不断进步。

培训经理在培训预算不足的条件下可以通过下述五种策略来制订培训计划。

◎合理安排学习方式

上一节我们之所以要列举 12 种可以为培训经理掌控的学习方式，意在说明两点：

一是即便企业的培训经费十分充足，培训经理也应该精打细算，尽可能地安排经济有效的员工学习方式；

二是在培训预算相对有限的情况下，培训经理可以选择花费低廉的方式组织员工学习。

当一家小企业只愿意拿出 10 万元作为年度培训预算时，如果培训经理用这笔钱请外部培训师来企业做内训，大约 3~5 天的培训便全部消耗掉了。而如果这个企业的培训经理选择通过多样的学习方式满足员工的学习需求，比如采取内部培训师执行培训，通过编辑内部学习期刊的方式学习，通过读书和知识竞赛的方式学习，或者通过有组织的问题分析会学习，通过内部标杆学习，通过有组织的视频学习，则足够一位培训经理忙乎整整一年，如果组织工作富有创意，则员工学习活动同样会有声有色。

◎压缩单一课程培训时间

对于不请外部培训师来内部授课不足以满足的培训需求，应尽可能地压缩每次培训课程的授课时间。

在课程中"兑水"是培训界较普遍的现象。所谓"兑水"是指培训师在一个主题课程中增加大量的所谓"教学互动"、"案例讨论"、"游戏活动"内容，这些内容名义上可以使培训气氛活跃，但另一方面却会冲淡学习内容，延长学习时间。当今市面上有许多主题的课程，就其知识点而言，本身可以半天讲授完毕的课程，却做成了一天的课程，本身可以一天讲授完毕的课程，却做成了两天的课程，本身两天可以讲授完毕的课程，却做成了三至五天的课程。

我们的实践经验显示，集中员工做内训，通常情况下一天的教学内容效果更佳。

◎避免外请高价培训师

高价培训师之所以高价，自然有其符合市场经济规律的理由。但对于很多企业和培训经理而言，他们之所以倾向于请高价培训师到企业做内训，一个重要的原因是他们无法评估和控制一次培训可能出现"砸场"的风险，而高价培训师的品牌效应正好可以弥补企业和培训经理们在鉴别能力方面的不足。这正如我们到商店购物，对于那些我们无法通过经验来作出有效判断的商品，我们会通过选择知名的品牌商品来解决我们的经验不足问题。

对于经验不足的培训经理而言，高价培训师至少有三个可取之处：

一是他们的名气足以"震住"学习者，这对促使学习者认真听课是有益的；

二是他们不大可能出现"砸场"，不仅不会"砸场"，而且课堂气氛可能十分活跃；

三是他们所传授的知识可能比较经典，至少在想象中是这样。

但是，外请高价培训师也面临一些问题：

一是他们的配合度可能较低，因为他们很俏，他们通常不会认真地做培训前调研；

二是他们讲授的内容通常是一以贯之的通用版本，其内容可能缺乏针对性。

为了降低培训成本，培训经理可以尝试与知名度中等和课酬中等的培训师合作。这类培训师之所以课酬不高，大多仅仅是因为其知名度不高和"档期"有余所致（虽然也有部分培训师在内心深处不愿意收取高额课酬）。

事实上，只要一位培训师有较丰富的授课经验，并在他能够充分配合的情况下，一般是能够保证一场培训活动的质量的。因为在他们愿意充分配合的情况下，他们便会有针对性地设计课程，并且在课前做充分的准备。有此两点，再加上有丰富的授课经验，他们便不大可能会把一次课程"搞砸"。

因此，培训师的配合度应成为培训经理选择培训师的一个重要条件。培训经理不能因为一位培训师配合度高而误以为他的价值就低。

◎砍掉部分培训需求

在培训预算不足的情况下，培训经理可以通过砍掉部分培训需求来平衡预算。笼统地看这是一句废话，因为一定会这么做，否则培训计划根本没办法通过。但是，这绝不是一句废话。因为，在培训需求大于培训预算的情况下，究竟应该砍掉哪些培训需求是有讲究的。

还记得上一章我们介绍的"五基培训需求分析法"吗？按此方法分析企业的培训需求，当出现需求大于预算时，我们的观点是应优先砍掉"职务发展"维度的培训需求，如果还不能平衡预算，则再砍掉"胜任能力"维度的培训需求。因为，正如在上一章我们已经说明的那样，来自这两个维度的培训需求虽然重要但并不紧急。培训预算应该优先满足那些既重要又紧急的培训需要，而既重要又紧急的培训需求一定来源于"业务流程"维度、"业绩目标"维度和"公司战略"维度。当培训预算还不足以满足这三个维度的培训需求时，我们建议通过进一步地采取低成本的学习方式予以满足。

◎采取战略性外包

战略性外包也是一种平衡培训预算或降低培训成本的有效办法。

所谓战略性外包，是指将确认必须对外采购的培训课程和服务向尽可能少的培训供应商集中。当一家企业倾向于将其培训需求交由一家或两家培训机构时，如果它同时采取了有效的招标和谈判策略，降低采购成本20%是没有问题的。

采取战略性外包除了可以降低培训成本以外，还有助于提高培训质量。因为，中标的培训公司为了拿下订单会答应更多的条件。即便企业不要求他们承诺更多，为了维持客户关系，在逻辑上讲它们也必然会尽其所能把培训做到更好。

在这一点上面临的最大问题是企业高管抑或是培训经理的心理障碍：他们可能会认为"分散采购"、"货比三家"对自身会更为有利或更为保险。事实上只要采购采取了有效的招标，风险和质量的控制应该是没有太大问题的。

本节核心观点

> 培训经费不足时，可以采取五种方法来平衡预算：合理安排学习方式、压缩单一课程时间、避免外请高价培训师、砍掉部分培训需求、采取战略性外包。

第四节　一个重要误区

在本章的最后部分我们要指出，许多培训经理在制订年度培训计划时存在的一个误区，就是在决定满足一项培训需求时，往往同时确定了用什么具体的课程以及培训师来满足这种培训需求。这也许是"领导要求"，也许是培训经理的"自作主张"。

在确定一项需要满足的培训需求时，是否应该同时确定课程内容和培训师这一问题有待商榷。我们的观点是，无论在制订年度培训计划时，培训经理做过多么全面、细致的需求调研，在具体实施每一培训项目之前还应该做课程需求调研，以便培训师或培训课程的内容和形式更具针对性，只有这样才能保证取得好的学习效果。

既然在每一次培训之前还要做调研，那么在生成培训计划阶段就确定课程内容和授课老师就可能是不尽合适的。这种不合适性表现在，当课程内容和培训师被"圈定"后，培训经理就可能形成思维定势，认为只有那个课程和培训师才能满足这项需求。特别是当培训计划中明确规定了课程内容和培训师以后，如果在执行时再更改课程内容和培训师，可能需要重新向上级打报告，否则可能引起不必要的麻烦。有鉴于此，一些培训经理在执行课程时，即便认为有必要重新选择课程和培训师，也会勉强"维持原判"。

别忘了，培训是用来解决问题的，而用于解决问题的培训方案可以有多种，在培训计划生成阶段就试图全面定义解决问题的多种方案是不现实的。既然如此，在培训计划生成阶段就"圈定"内容和培训师就是值得商议的。

我们的建议是：只需在计划生成阶段界定培训课程的范围名称即可，具体的课程内容和培训师应等到培训项目执行之前再来分析和确定。

本节核心观点

不应在决定满足一项培训需求的同时，就决定采购什么具体课程和培训师来满足这种培训需求。

自我开发练习

请写下您阅读本章的感想：

请写下您想要与本书作者沟通的问题：

第五章
培训项目管理

　　如果说一位培训经理的专业能力是高超的，一定意味着他有着高超的培训项目管理能力，因为培训项目管理能力是培训经理必备的专业能力的内核部分。这正如一位高级厨师，他之所以有此职称，是因为他能亲手做出一系列色香味形俱佳的菜肴来。

本章目录

☆　培训项目分类

☆　培训项目管理的内容

☆　外部培训师的选择

　　　　本章将围绕培训项目管理所涉及的三个主要方面来展开讨论：如何对培训项目进行分类、一个培训项目管理所涉及的完整内容、如何选择外部培训师。目的是帮助培训经理朋友们更有效地理解培训项目以及更有效地实施培训项目管理。

第一节 培训项目分类

有组织的员工培训活动都可以纳入项目管理的范畴。企业的培训项目一般可分为四大类：新员工培训项目、管理者进阶培训项目、常设专题培训项目和临时专题培训项目。下面逐一说明其内容。

◎新员工培训项目

每一个企业每年都有人数不等的新员工入职。为了使他们适应企业文化和制度环境，适应岗位工作和工作团队，成为企业合格的一员，就要对他们进行必要的培训。因此，新员工培训是大多数企业的常设项目，一些规模较大的企业还设有专门负责新员工培训的工作部门或团队。

无论一位新员工此前有无工作经验，他们在进入企业之前，每一个人的工作经历、价值观念、文化背景等各不相同，与企业组织文化也不完全一致。虽然他们在应聘阶段对公司的背景、形象、产品、市场、营销模式、应聘职位所要承担的工作职责以及公司将给予的薪酬待遇等有一定的了解，但所获知的信息很可能是比较片面的或零散的。当新员工进入现实的工作环境时，如果不对其进行导向培训，则极易产生现实冲突，即新员工对新的工作环境怀有的期望与工作实际情况之间存在落差，这种落差会使新员工产生失落感或挫折感。因此，企业为了实现新员工与企业的双赢，便会对新员工进行培训。

新员工培训的内容主要包括三个方面：公司基本情况及相关制度和政策、基本礼仪和工作基础知识、部门职能与岗位职责及知识和技能。

1. 公司基本情况及相关制度和政策

（1）公司的基本情况：

1）公司的创业、成长和发展过程，公司的经营战略和目标、经营范围，公司的性质，公司的优势和面临的挑战。

2）公司的组织结构和部门职责。主要包括公司的部门设置情况、纵横向关系以及各部门的职责和权限，主要经理人员等。

3）公司的产品及市场。主要包括公司产品或服务的种类及性能，产品的包装及价格，市场销售情况，公司产品的销售渠道，市场上同类产品及厂家，主要客户情况以及开发与维护客户的方式等。

4）公司的经营理念、企业文化和价值观、行为规范和标准，也包括公司的优秀传统、创始人的故事、公司标志的意义等。

5）公司的主要设施。包括规定的员工用餐地点、员工上下班通道、交通工具、停车场、禁区、部门工作区位、主管办公室等。

（2）公司相关政策和制度：主要指公司人事制度和政策。它们与员工的利益密切相关，因此应详细介绍并确认新员工已全部理解。主要内容有：工资构成与计算方法、奖金与津贴、销售提成办法、福利、绩效考核办法与系统、晋升制度，员工培训和职业发展政策，此外还有详细的劳动纪律、上下班时间、请假规定、报销制度、保密制度等。

2. 工作礼仪与工作基础知识

这部分的内容对企业特有氛围的养成与维护有着特别的意义。主要包括：

1）问候与用语；

2）着装与化妆；

3）电话礼仪；

4）指示和命令的接受方式；

5）报告、联络与协商方式；

6）与上级和同事的交往方式；

7）个人与企业的关系。

3. 部门职能与岗位职责及知识和技能

（1）部门职能。主要包括任职部门的工作目标及优先事项或项目、与其他职能部门的关系、部门结构及部门内各项工作、工作团队之间的关系等。

（2）岗位职责及知识和技能。主要包括工作职务说明书、工作绩效考核的具体标准和方法、常见的问题及解决方法、工作时间和合作伙伴以及服务对象、请求援助的条件和方法、规定的记录和报告等等。

◎管理者进阶培训项目

管理者进阶培训项目是企业针对管理人员而进行的体系化和阶梯化的培训计划，其主要特征是，企业规定了不同层级的管理者必须接受的培训。

现实中的几乎每一个企业都会把管理者的职务和能力发展描述为图 5-1 所示的一个由低级到高级的阶梯路线。这种描述有两层意义：一是客观地呈现了管理者能力必然有一个由低级向高级的递进式发展过程；二是向员工暗示他们职业发展的路径，而且是通过努力可以实现的。

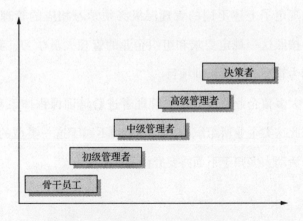

图 5-1 管理者职务与能力发展阶梯图

与管理者的职务和能力发展阶梯路线相适应的是，企业认为一个人只有具备了一定的知识和技能才能成为相应级别的管理者。于是，那些规模较大的企业便为不同管理层的人员定义了必须学习的一系列课程。图 5-2 和图 5-3 分别列举的是摩托罗拉公司对其中级管理人员需要学习的课程的定义和宝洁公司对其各级管理人员需要学习的课程的定义。

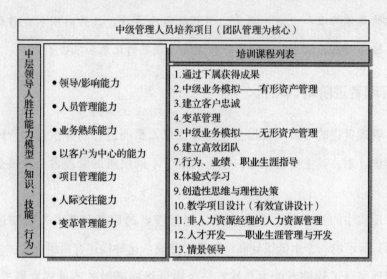

图 5-2　摩托罗拉公司中级管理人员培训课程列表⊖

企业在规定了上述不同的管理层级必须学习相应的管理课程以后，它继而就会按照这一规定要求和组织企业的管理人员学习，我们将这类培训活动称为管理者进阶培训项目。

当然，大多数企业并没有建立管理者进阶培训课程体系和相应的管理制度，因此这类企业所组织的培训活动均不属于这一类型的培训项目。它们的培训活动大多归于下面将要介绍的两种类型。

⊖　资料来源：培训革命［M］．王世英，吴能全，闫晓珍，等．北京：机械工业出版社，2008.

1级（主管）	2级（一般部门经理）	3级（大部门经理）	4级（副总监及以上）
•个人领导力提升 •人际沟通技巧 •20/80原则 •全面质量管理基础 •MRP Ⅱ/ERP •财务与会计（1级）	•个人领导力提升 •人员开发基础技能 •领导力-3E模型 •项目管理 •最大程度发挥创造性和逻辑思维 •团队建设 •有效授权 •全面评估面谈 •财务与会计（2级）	•GO.R.W •组织能力开发 •团队建设-高级 •系统管理工作坊 •OGSM/SDDS •人员开发-高级 •情景领导 •成功人士的七个习惯 •突破思维方法 •正面的权力和影响力	•组织技能 •跨文化工作坊 •危机管理

图 5-3　宝洁公司管理人员培训课程列表⊖

◎常设专题培训项目

常设专题培训项目是指，企业每年都设有特定内容范围的活动计划，要培训的对象也比较清楚，但是具体选择什么培训内容则并不确定，而是在具体实施计划时再依据某些标准作出选择。以下是这类培训项目的举例。

近几年来，某著名电器公司每到年终都会举办一次针对营销系统各层级人员的集中培训。培训活动基本上固定围绕几大主题展开："明日之星培训"——该培训项目的培训对象是销售系统中的一线"尖子"销售人员，企业是将他们作为未来的管理精英人员来看待的，培训既是为了提高他们的知识和技能，又是对他们的激励措施之一，培训内容每年会有一定的区别。"销售公司总经理培训"——该培训项目的培训对象是全国范围内各区域销售公司副总经理以上人员，培训内容视当年各销售公

⊖　资料来源：培训革命［M］．王世英，吴能全，闫晓珍，等．北京：机械工业出版社，2008．

司面临的问题而定;"经销商大会培训"——该培训项目的培训对象是前来参加公司经销商大会的全国范围内的主要经销商,培训内容视当年和来年厂商合作关系中的焦点问题而定。

惠普中国公司在2002年到2007年共开办了六期"狮子计划"。前前后后聘请了许多名人、大师、专家和学者来与公司的管理者对话。被邀请的对象包括:① 商界成功人士,如联想的柳传志,UT斯达康的吴鹰,万科的王石等等。② 政界名人,如参加过中国入世谈判的龙永图,上海市前任市长徐匡迪,文化部前部长王蒙等等。③ 著名经济学家,如北京大学光华管理学院案例研究中心的何志毅,北大光华管理学院的张维迎等等。④ 社会名流,如中国台湾演员杨惠姗,华谊兄弟的王中军,国家羽毛球队总教练李永波等等。这一主题下的学习活动也是难于事前确定的,只有大致的内容范围,具体内容是在每一次学习活动开展前与特邀演讲嘉宾沟通界定的。

位于东莞的某港资印刷集团公司有员工10000余人。由于公司的中层管理人员流动率一直较高,该公司每年都要针对储备中层管理人员举办一系列的培训活动。但是,该公司一直没有规定这些储备中层管理者应该具体学习什么内容的课程。因此,该公司的培训部门每年在规划和执行这一项目时,总是临时寻找他们认为需要的课程。

◎临时专题培训项目

临时专题培训项目是指,企业在做一项培训活动时,事前没有规范的课程体系,也没有分类培训主题和明确的课程内容。培训活动是以一次或多次的单一课程培训为主题而临时寻找和安排的。许多中小企业的培训活动都处在这一项目类型之内。比如,当一个企业发现办公室文员们的时间管理存在问题时,便采取招投标的方式请一位外部培训师来企业讲授一次为期两天的《时间管理》课程;又比如,许多公司都买有培训公司的"学习卡"，它们经常会根据卖卡公司的公开课列表，临时选派人员参加其主办的公开课；还比如，当一家民营企业的老板感到他的员工工作责任心不强，他便即兴要求培训部门搞一个有助于提高员工责任心的课程来让员工学习，培训人员经过筛选，确定了一个名为《责任胜于能力》的课程，并且企业对培训师也比较满意，于是双方签订服务合同之后便执行了这个课程。

如果一个企业的所有培训活动都是临时专题培训项目，说明该企业的培训工作远没有上轨道，组织对培训部门的绩效认同也一定会存在问题。但是，临时专题培训项目并非只在培训管理"不成熟"的企业中才出现。事实上，那些培训管理水平堪称标杆的大企业偶尔也会安排这类培训项目，只是在这类企业中，临时专题培训项目所占的比例极小。

本节核心观点

　　培训项目可分为四大类：新员工培训项目、管理者进阶培训项目、常设专题培训项目和临时专题培训项目。

第二节　培训项目管理的内容

无论是新员工培训项目、管理者进阶培训项目、常设专题培训项目，还是临时专题培训项目，所有的培训项目要想结出理想的果实来，都需要精心地策划、安排、组织和控制，这就是培训项目管理的意义和必要性所在。

培训项目的管理涉及四大内容或步骤：项目规划、活动准备、培训实施和效果强化（见图5-4）。

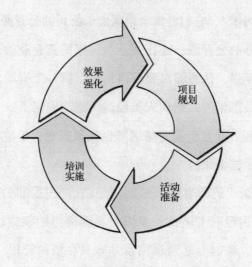

图5-4 培训项目管理的内容与流程

在我们逐一对此展开论述之前需要说明的是，鉴于在众多的培训项目中，管理者晋级培训项目和常设专题培训项目更能体现培训部门或培训经理工作的价值，以下的讨论主要集中于这两种类型的培训项目上。

◎项目规划

人类已经形成了这样的经验：从事任何一项规模较大、内容复杂、时间跨度大的活动都需要事前进行规划，目的就是保证能够取得好的结果。即便是接待一批乃至一位重要的来访客人，我们也总是会事前作充分的策划与准备。

培训项目的规划起始于你打算要对哪些人进行培训，那些人既可能是你或你的团队成员认为需要培训的对象，也可能是你的上司提出的需要培训的对象，还可能是直线部门的经理提出来的需要培训的对象。无论发起者是谁，当决定或计划对一群特定的人进行培训时，便必然要进而回答一系列相关问题。主要有以下几点：

1. 培训的目的或理由

为什么要培训这群人而不是其他一群人。培训发起者总是有理由的，培训经理要做的就是对培训他们的理由进行清晰化思考。这样做有助于决定投入多少资源来实施培训。

2. 培训的目标

想清楚通过培训使这群人的知识和技能水平达到什么指标或程度。这将对进而确定培训什么内容和采取什么方式来培训十分有意义。同时，也是进一步向上级说明你投入资源的理由。当然，有时候认定培训目标是在确定培训内容和方式之后完成的。但这并不妨碍我们按此顺序思考问题，因为通常确定相关问题要经历一个反复的过程。

3. 培训的内容

确认这一群人需要学习什么样的知识和技能并不是一个简单的事情（当然，你如果习惯于仅仅通过经验来作出判断，它也十分简单）。严格说来，在确定培训内容前，需要首先定义特定的受训对象应该具备的知识和技能，继而再测量他们现有的知识和技能，并据此选择和定义他们所需要学习的内容。

4. 培训的方式

通过学习上述内容达到上述目标，究竟应该采取什么学习方式，这是项目规划阶段必须重点回答的问题，因为其他问题都是围绕这一点而展开的。由于这一点在一个培训项目的规划阶段太重要了，我们不妨多说几句。

假定你的企业要提升一批刚刚被选拔到中层管理岗位上的人员的管理知识和技能，你有多种选择。比如请外部培训师来企业为他们讲课，隔三差五派他们外出参加培训公司主办的公开课，在公司内部指定资深的经理人员随时指导帮助他们，为他们购买一系列的相关书籍让他们自学，组织他们进行工作问题研讨……

究竟让他们学习什么内容和采取什么方式学习，这通常会受制于企业或企业领导或培训经理的价值观以及培训经费。当企业领导或培训经理认为请外部知名培训师来企业讲课效果会更好，且企业愿意为之付出高额成本时，这种方式就是好的方式。当企业领导或培训经理认为让受训对象通过有组织的自学来提高知识和技能的性价比更高时，那么这种方式就是好的方式。

不过，众多企业的经验显示，采取组合化的学习方式效果会更好。所谓组合化的学习方式就是，在一个项目中同时采取多种学习方式，如既采取外请培训师来企业授课，也采取有组织的员工自学，同时还穿插研讨会的方式分析和解决工作中的问题等。这种组合化的学习方式至少有三点可取之处：一是多样的形式可以刺激学习者的学习兴趣；二是丰富多彩的学习方式会让公司领导感受到培训经理的专业能力和责任心；三是可以相应地降低培训成本或增加学习效果。

5. 培训的周期与节奏

在确定了培训的内容和方式之后，接下来就应该合理地安排学习周期和节奏了。这一点之所以是一个问题，是因为在学习内容和方式确定以后，你可以将一个培训项目的执行时间安排得很短，也可以把它拖延得很长，前者意味着高密度的学习，后者意味着细水长流式的学习。一般说来，培训时间太紧凑和培训时间过长都会有损于学习效果。

为了使公司领导同意你做出的培训项目规划方案，通常情况下你需要用一张甘特图（计划进度图表）来呈现你的项目进度安排，为了使这份甘特图所呈现的计划被领导认为是合理的，你只能认真规划项目时间，否则那张甘特图可能好看但不会被认同。

6. 培训预算

当上述所有内容确定之后，一个培训项目的预算也就很容易被计算出来了。不过，最终计划所需经费的数值可能会突破领导的心理上限，在这种情况下意味着你需要调整既定的学习内容或方式。经验丰富的培训经理在碰到培训预算超过领导心理上限时，他们会事先准备好妥协方案，以保证领导的"裁决"不至于破坏计划的主体内容或框架。

◎活动准备

一个培训项目的规划可能只需要一周左右的时间就能完成，而准备一个项目的培训活动则可能需要一个月到半年的时间。之所以需要很长的时间，是因为一项培训活动需要准备的工作高度专业，并涉及到组织内部的分工合作，以及在一般情况下需要"走流程"以控制质量。培训项目越大，需要准备的内容越多，需要用的时间越长。

培训项目实施前的准备工作主要是围绕学习内容和学习方式来展开的。如果一个培训计划仅仅是决定请一位培训师到企业来讲一天的《销售漏斗原理和方法》，几乎无需准备，因为讲授这个课程的商业培训师已经将课程的内容和授课方式准备好了，培训经理只需要通过一定的方式找到能够满足自己的采购标准的培训师即可。而对于那些涉及大量需要由内部许多人参与完成的学习内容并计划采取组合化学习方式的培训项目来说，培训前的准备工作就要复杂得多。

一个培训项目中的学习内容和学习方式一般可分为三种来源：外包、内部完成、内外部合作完成。在这三种方式中，外包相对比较简单——找到专业化的培训机构合作即可，但花费额度大，并且长期外包培训项目将不利于学习型组织的建立与发展。因此，成熟的企业对一般性培训项目会倾向于采取内部完成或内外部合作完成的方式来获得培训内容和方式。不过，如果决定由内部人员来准备一个培训项目的学习内容和方式，则要求培训经理有较强的组织能力，并且要具有极强的专业功底。

在我们看来，培训经理准备一个培训项目类似于一个电视台准备春节联欢晚会。在有了晚会总策划方案的条件下，晚会总导演要依次做好以下工作，才能筹备一台晚会：组建导演工作班子；邀请晚会演员；审查候选演员的表演节目形式与内容；修改候选演员的表演节目并重演重审；确定晚会节目及演员；晚会节目彩排及调整节目和演员。这与培训经理准备一个培训项目所涉及的内容和流程几乎完全一致：

- 组建"导演"工作班子——决定参与项目筹备的工作人员，并确定工作原则和方式。

- 邀请晚会"演员"——发出招标书或指定内部人员准备相关课程。

- 审查候选"演员"的表演节目形式与内容——审议培训机构提交的培训建议方案或内部课程开发人员的课程方案。

- 修改候选"演员"的表演节目，并重演重审——根据方案审议结论，要求相关机构和人员重新提交方案。

- 确定"晚会节目及演员"——确定执行项目培训的机构和培训师。

- "晚会节目彩排"及"调整节目和演员"——要求既定的培训机构和培训师按照既定方案准备培训内容并在必要时试讲，必要时可能还要临时更改培训机构和培训师。

很显然，这个过程要求培训经理具有相当的组织能力和专业能力，正如电视台春晚的总导演必须要有与之匹配的组织能力和专业能力，否则无法担当此任。

但是，通常说来一位培训经理准备一个大型培训项目要比春晚总导演筹备一场春节晚会要难得多。因为，春晚总导演有足够的权力，电视台有足够魅力，这两种力量的相加使得春晚总导演有条件调动一切可以调动的内外部资源来服务于他的工作目标。许多企业的培训经理则没有相似权力，培训部门也没有相似的魅力。

◎培训实施

中央电视台在中国农历最后一天晚8：00开始直播的春节联欢晚会是前期晚会筹备的结果呈现。一个培训项目的实施也是从学习者接触培训经理事前准备的内容开始的。不同的是，央视春晚的举行时间仅有短短4个多小时，而一个培训项目的实施少则一天，多则数月，甚至有的培训项目还会跨时一年以上。

虽然，培训实施的过程是按照事前计划与准备的内容进行的，但一次完美的培训过程依然要求培训经理谨小慎微地对待，并且要善于通过利用有效地组织每一次的培训活动来展示自己的专业度和职业形象。以下三个方面值得引起培训经理们的高度重视：

一是培训组织工作要尽可能正式一些。正式的培训活动不仅一开始就可以让学习者肃然起敬，而且可以促使培训师迅速进入状态。那些让人感到组织工作松松垮垮的培训活动，将对学习者和培训师都有极负面的心理暗示。正式的培训组织包括：有学员签到仪式，有制作精美的学员名位牌，培训现场有视觉宣传效果，有严格的课堂纪律，有隆重介绍培训师的仪式等等。

二是要重视培训现场的控制和应变。许多培训经理在培训执行过程中，当他把学员交给培训师之后，往往会离开现场，或者仅仅只是作为一名普通受众坐在学员席上。这是不妥的，培训经理比培训师更了解学员情况。无论是采用内部培训师教学还是采用外部培训师教学，他都应该给予培训师以必要的帮助。包括调节课堂学习气氛，鼓励不太积极的学习者积极参与发言或讨论问题，及时提醒那些不大遵守课堂纪律的学员，利用适当的时机把有影响力的学习者介绍给培训师等等。这些都将对培训的成功产生积极影响。

三是要利用培训过程体现自身的形象和业绩。一次成功的培训活动必会出现许多精彩的瞬间。培训经理应该习惯于拿着照相机、摄像机尽可能多地把那些精彩瞬间记录下来，那些照片和影像可用来呈现培训部门的业绩。在公司领导不在现场的情况下，你事后跟他讲培训效果如何不错，还不如让他看几张培训现场的照片。那些照片还可以用于企业内部的学习刊物、板报、墙报上，那些影像也可以长期保存，上传到公司内部网或互联网上用以宣传公司的形象。同时，那些照片和录像还可以事后供学习者下载——每一个人看到自己的良好形象时都会很高兴，而这种高兴最终会转化为对培训活动和其组织者的满意度。

◎效果转化

淘课在过去两年中一直在强调一个观点：有效的培训应该始于学习者走进课堂参加培训之前，终于学习者行为改变之后。基于此，我们一直主张：培训经理们通过有效地管理培训过程来保证培训效果，而不应是盲目地依赖于培训师来保证培训活动的效果。

虽然让培训经理们完全接受我们的观点并不容易，但我们也欣喜地看到有越来越多的培训在逐步尝试着用管理培训过程的办法来保证培训活动的效果。显然在有一点上大家基本达成共识，这就是重视培训之前的调研——针对学习者的实际需要设计培训课程，在课程中增加互动的内容和相关性案例。这些的确能够导致培训效果的提升，但这显然又是不够的。

培训的本质目的是要改变学习者的行为，最终使学习者的业绩发生改变。而要最终使学习者的绩效发生改变，仅仅在培训之前和培训之中下足功夫尚不够，还需要在培训活动结束后做足文章。这就涉及到培训效果的转化问题。

1. 培训效果转化的四个层面

学习者接受培训之后，培训内容是否被消化，是否会应用到现实工作之中，这就是一个学习转化过程。为了分析影响培训效果转化的因素，早期的学习理论家把培训效果转化概括为四个层面（如图5-5所示）。这四个层面实际上也是把学习者应用学习内容的状态分成了四类。

图 5-5　培训效果转化的四个层面

依样画瓢　学习者的工作内容和环境条件与培训时的情况都完全相同时才能将培训内容转化为行为。在这个意义上讲，培训转化的效果取决于实际工作环境与培训时环境特点的相似性的大小。

举一反三　学习者理解了培训效果转化的基本方法，掌握培训目标中最重要的一些特征和原则，同时也明确这些原则的适用范围。这个层面的转化效果可以通过在培训时示范关键行为并强调基本原则可适用于多种场合来达到。

融会贯通　学习者在实际工作中遇到的问题或状况即便完全不同于培训过程的情况时，也能回忆起培训中的学习内容，从而能够建立起所学知识与现实应用之间的联系，并恰当地加以应用。

自我管理　学习者能积极主动地应用所学知识和技能解决实际工作中的问题，而且能自我激励去思考培训内容在实际工作中可能的应用。比如，为自己设置所学知识和技能的应用目标；对所学内容的运用进行自我提醒、自我监督；对培训内容的应用加以自我强化，以达到创造性地应用所学知识和技能等等。

2. 学习者个人特点对培训效果转化的影响

培训经理们已经认识到，学习者的培训心态、动机极大地影响学习的效果转化。当一个人抱着我们在第二章所指出的那个"审视动机"参与培训活动时，他既不可能真正学到东西，也不可能将学到的东西有效地转化到工作中去。虽然有的员工是积极参加培训的，但由于缺乏培训所要求的基本技能，也只能进行前述第一层面（依样画瓢）的效果转化，情况稍有变化就不能应用了。

理论上讲，针对以上两个方面的问题，应该在培训之前就采取措施来予以解决。如，在分析确定培训对象时应有所选择，要求学习者具备学习培训内容所需的基本技能；要求学习者做好受训准备，端正学习态度和学习动机；如有必要还需就适当的基本技能做自我学习提高；明确告知培训后将进行学习结果和应用情况考核，而且是有奖有罚并与晋升等待遇挂钩；如果员工不具备基本技能但又不得不参加培训，可以将基本技能指导融进培训计划中；培训实施前可将培训设计的一些资料印发给受训员工，让他们事前阅读理解，这样对提高培训的有效性大有好处。

3. 工作环境对培训效果转化的影响

这里所说的工作环境是指能够影响培训效果转化的所有工作上的因素。包括管理者的支持、同事支持、技术支持、转化氛围和在工作当中应用新技术的机会等。

有利于培训效果转化的工作环境应具有以下特征：1）学习者的工作是按照他们能使用新技能的方式来设计的，这个工作的特点能够起到督促或提醒学习者应用在培训中获得的知识和技能的行为方式的作用。2）学习者的直接主管及其他管理者能够与学习者一起讨论如何将培训所学应用到工作当中去，他们对学习者在工作中使用培训获得的新技能是持鼓励、支持的态度。3）管理者对员工刚接受完培训就能将培训内容应用于工作中的行为加以表扬，以进行正面强化。当员工在应用培训所学内容出现失误时，管理者不会当众责难，而是个别指出并帮助寻找原因和解决方法。4）学习者若在工作中成功地应用了培训内容，而且使用频率或绩效达到了某一规定标准，那么他们会得到加薪的机会，并将此记入员工个人档案作为全年绩效考核或晋升的依据。

4. 培训经理能够做什么和怎么做

如何转化培训效果，这是一个世界性的难题。由于培训效果转化涉及到员工个人和工作环境两个方面，培训经理试图全面介入员工的内心世界、工作和生活是不现实的。培训经理也不可能去主导学习者应用培训所学习知识与技能的工作环境。但是，这并不意味着在这些方面培训经理完全无所作为。我们认为，培训经理可以从以下四个方面对员工学习效果的转化施加影响。

一是通过课后测试学习者的课堂学习效果来强化他们对课堂所学知识和技能的记忆。这一点的必要性在于，只有不忘记学习过的内容才可能进而谈得上应用。此外，事前告知课后要进行考试等信息，可以引起学习者对学习的重视。

二是在培训过后要求学习者制定将课堂所学知识与技能应用于工作中的行动计划，并公开作出承诺。学习者做了应用课堂所学知识和技能的行动计划，但他们可能不一定真会行动。但有计划总比无计划好，经验显示当众承诺过的行动计划至少部分是可以得到执行的。

三是在公司内部营造良好的应用新知识和新技能的氛围。比如，利用各种学习刊物、专题会议、树立标杆、奖励基金等来营造积极向上的员工学习与创造氛围，尤其是要善于制造机会让直线部门领导愿意积极地嘉许下属员工的学习效果转化行为。

四是推动企业高层管理者通过亲自倡导并出台相应的制度（主要指相关奖罚制度）来促使员工学习效果的转化。实践反复证明，公司高层管理者的观念和行为对企业员工的影响最大。要通过巧妙的办法让高层管理者清楚，推动学习效果转化不只是培训部门的责任，也是他们的责任。

本节核心观点

> 培训项目的管理涉及四大内容或步骤：项目规划、活动准备、培训实施和效果转化。

第三节　外部培训师的选择

在本章的最后一节我们来讨论一下如何选择外部培训师的问题。这一问题之所以要讨论，有三点理由：一是，在以课堂学习为中心的培训项目中，培训师是培训活动的灵魂，它在极大程度上决定了一个培训项目的成败。因此，所有的以课堂学习为中心的培训项目，都应高度重视培训师的选择。

第二个理由是，尽管我们极力主张，企业应重视内部培训师建设（参见本书第七章的论述），但是毫无疑问，对于许多尚没有建立起自己的内部培训师队伍的中小企业来说，做培训在一定程度上需要请外部培训师，或派出员工参加外部培训师讲授的公开课。即便是那些著名的在组织学习方面已经成为标杆的大企业，也并不是所有培训活动都做到自给自足，对于一些内部培训师无法胜任的较高端课程，它们也经常外请培训师。

第三个理由是，培训师是这个世界上最难选择的"商品"之一，这对许多"涉世不深"的培训经理来说尤其是一个工作难点。古人云："一流之人，能识一流之善；二流之人，能识二流之美；尽有诸流，则能兼达众材。"由于选择培训师要求有足够的鉴别能力，许多培训经理在选择培训师时通常是以培训师的知名度为衡量标准。这正如，当我们无法通过经验来判断一种商品的优劣时我们会倾向于选择品牌（知名度和美誉度高的品牌商品就是好的商品）。但知名度高的培训师固然"砸场"的概率较低，但未必就是合适的，并且请这类培训师到企业做培训通常会付出高额的成本。

◎培训公司的选择

虽然现实中有一部分中小企业出于成本的考虑会与部分培训师个人直接合作，但大部分企业还是倾向于通过与培训公司合作来选择培训师。这种选择的合理性是显而易见的。

首先是心理方面的原因。培训经理大多会认为与培训师个人直接发生交易风险概率高，万一出了问题不好交待。相比之下，在大多数人的心目中，组织行为会更加可靠。

其次是在手续上不好操作。当一个企业的制度规定，交易必须签订正规的合作协议，并且要有与协议吻合的票据和文件时，企业与培训师个人之间建立合作关系便会存在障碍，特别是对于那些制度要求合作必须是在"在册供应商中选择"、合作协议要由多个部门来审核、费用支付和发票必须与合作协议的相关内容保持完全一致的公司而言，这种障碍会更加明显。

但最重要的原因还在于，培训经理越来越发现，成功地执行一个培训项目，除了有好的培训师以外，还需要有一个团队协同完成课前、课中和课后大量的服务工作。培训经理们会认为单纯的培训师个人做不到这一点。事实也的确如此，那些"俏销"的培训师往往会不屑于一两天的授课机会，他们不愿意也做不到高度配合。

但如何选择培训公司这对许多培训经理而言依然是一个问题，因为国内的培训公司有数万家之多，每一家培训公司都在极尽所能地推销和粉饰自己，但实际上不同培训公司在良知、责任、规模、专业、信用和实力方面可谓千差万别。在此，我们仅提供以下考察培训公司的方法。

1. 看专业度

一个培训公司是否专业，要看它的业务是否聚焦于某一两个特定的专业领域，并且在那个专业领域是否有自己的版权课程。专业越是聚焦和版权课程越是有特色的培训公司越是值得依赖。即便是那些规模较大的培训公司，它们是否聚焦于一两个专业领域，是否有版权课程，也应是一个重要的考量标准。什么业务都做，并且没有一项业务比较擅长的培训公司是不值得信赖的。尤其是那些没有培训师团队、没有专有课程，只是用"拉皮条"的方式获取业务的培训公司，与之合作一定要谨慎。

2. 看产品的相关性

即便一家培训公司十分专业，拥有一系列版权课程，但也并不一定适合你的企业。因为它的课程可能与你的企业的需求并不相关联。

产品的关联性是指一个培训公司的课程与你所在行业和企业的匹配度。比如，如果你的企业是金融机构，那么你在选择培训公司时最好选择那些专门向金融业提供培训服务的培训公司，它们的产品与你的行业可能是关联的，与你的企业学员的需求可能是关联的。与产品相关性不强的培训公司合作，意味着它会用通用产品满足你的需求。

3. 看服务过的客户

一家培训公司宣称他专注于为银行业提供培训解决方案，而你的企业刚好是银企，是否意味着你就应该信赖它呢？不一定。在这种情况下，你需要看它究竟为哪些银企提供过什么样的培训服务。一般来说，当行业内的多家先进公司长期与一家培训公司有项目合作时，那么这家培训公司就可能值得你尝试合作，否则应当谨慎。

4. 看自有培训师数量

真正专业和有实力的培训公司一定有自己的专职培训师团队，并且专职培训师越多，其培训服务相对越是专业，品质越是有保障。因为获得和保留数量较多的专职培训师需要付出巨额的成本，只有实力强的培训公司才能做到。再有，一般说来，只有当一家公司有明确的专业定位后，并且试图彰显自己服务的独特性时，它才会积极地去构建自己的专职培训师团队，也只有拥有自己的专职培训师团队，它的服务品质才更有保障。

5. 看服务特色

当一家培训公司愿意并能够围绕一两个专业领域的课程，提供大量的课前和课后服务时，大致可以证明它的培训服务是有特色的。因为：第一，成功的培训项目绝不仅仅是课堂讲课，只有在课前做足功课才可能保证课堂上的满意率，只有在课后做足功课才能保证课堂知识能够迁移到员工的行动和业绩中。第二，提供特色服务是一种很麻烦的事情，因为提供特色服务需要付出较高的成本，而服务的价值又可能并不为客户所认知。这意味着，当一家培训公司明知提供特色服务很麻烦而又愿意提供特色服务时，说明它是一家认真负责的培训公司。

6. 看道德品质

如果一家培训公司是靠给培训经理或其上级领导回扣而获取培训订单的，那么这家培训公司就可以肯定是不值得你信赖的。因为靠给回扣而获得订单的培训公司关注的焦点是"搞定客户单位的少数人"，而不是帮助客户的学员进步。它们为了获得订单而又不至于使自己损失太大，很可能会安排低质低价的培训师执行高价格的授课任务。那些动不动与客户单位的老板直接建立关系或者千方百计要"摆平老板"，而不把培训经理放在眼里的培训公司同样在道德品质上是有瑕疵的，与之合作更是要特别慎重。道德品质有瑕疵的培训公司还包括：以不良的手段参与竞争的培训公司，侵犯他人知识产权的培训公司，剽窃他人培训资料而不知脸红或者还振振有词的培训公司……

◎培训师的选择

即便你依赖了一家培训公司，培训公司在向你推荐培训师时，你也需要对培训师加以必要的甄别。因为，每一家培训公司评价培训师的标准不尽一致，它给你推荐的培训师不一定就适合于你的培训项目。此外，在你不加控制的情况下，有的培训公司可能为追求项目利润而把收费低廉的三流培训师包装成优秀培训师推荐给你，或者拿你的项目为他们的培训师"练嘴"。

多年来，培训业的"观察家"们对形形色色的培训师做过多种多样的分类。比如，最早人们把培训师分为"学院派"和"实战派"，随后又增加了两个"派"："海归派"、"本土派"。现在甚至有人把培训师分为了八种类型：卓越型、专业型、技巧型、演讲型、肤浅型、讲师型、敏感型、虚弱型。毫无疑问，每一种类型划分都是基于一定思想的产物。在此，我们用一种对比的手法来表达我们对培训师的分类，目的在于从一个新的视角来帮助培训经理们识别和选择培训师。

1. 学院派培训师 VS 实战派培训师

学院派培训师拥有扎实的专业知识功底，从属于各大高校、研究院/所，一般冠以教授、博士、博导或研究员的头衔，这类培训师授课经验丰富。但是由于职业的原因，他们更多的是侧重于理论讲解。学院派培训师中，多半没有在企业从事管理实战的经验，在不断推出专业理论的时候，容易忽视理论和企业实际的结合，因此授课的时候给企业带来的往往是理论上的收获，实际操作有待加强。对于那些希望通过培训解决实际问题的企业而言，学院派培训师可能不够实用。但也有一些企业对学院派培训师情有独钟。淘课企业有一家韩资客户，他们经常要求培训顾问为它们推荐讲授经济学、组织行为学方面课程的大学老师，显然这类课程，一般实战派培训师是不能胜任的。

实战派培训师在企业担任过或正在担任管理职务。由于他们乐于分享，因此逐渐成为了培训师。这类培训师随着名气的增大，课程安排的"档期"较紧。这类培训师又可分为两类：1）专职实战培训师。他们有的还成立了自己的培训公司，他们的公司在"推销"他们自己的同时，也根据客户的需求"推销"其他培训师。他们是目前普遍受到企业欢迎的一类培训师，因为其有丰富的实战经验，也有娴熟的授课技巧。但是，值得注意的是，随着时间的推移，这类培训师所授课程的内容可能逐渐不能适应企业不断提升的"胃口"。2）兼职实战培训师。他们在某一公司担任高级职务，通常是拥有副总、总监等高级管理者头衔，他们利用工作之余为其他企业授课。他们在现有的培训师行业占有相当大的比例，由于所传授的知识和技能大多是能对学习者的工作带来帮助的，因此很多企业也比较喜欢这类培训师。

值得注意的是，在"实战派培训师"的阵营中，也有一种我们称之为"伪实战"的培训师。他们在实战经验比较缺乏、专业知识程度有待提高的情况下就模仿一些培训师的风格来授课。他们一般是某些培训师的助理或者弟子，由于跟师傅"走江湖"时间一久，便也能上台授课，现有的培训师群体中间有相当一部分人是属于此类。他们具备专业培训师包装推广方面的经验，因此能把自己包装成为专业的培训师。

2. "万金油"型培训师 VS 专业聚焦型培训师

在前述三种类型的"实战派培训师"中间又可以分为"'万金油'型培训师"和"专业聚焦型培训师"。

在"万金油"型培训师个人资料中的"主讲课程"一栏里，往往列有 10 门以上的课程，有的甚至是上至国学、孙子兵法，下至商务谈判、时间管理，左至渠道建设、电话销售，右至双赢谈判、九型人格，几乎是无所不通、无所不会、无所不讲。2009 年淘课企业的一位同事曾在会议上说，有一位培训师给他打电话说，他（那位培训师）可以讲授 83 门课程，大家听后几乎一时哑然。这类培训师之所以在市场上能够生存，他们的主要功夫在表演"小品"技巧方面——若干"段子"用到了所有的课程里面。

专业聚焦型培训师是指那些只专注于一两个专业领域，讲授有限的几门课程的培训师。淘课企业曾经与香港的一位郑姓老师有过长期的合作，该培训师有十几年的培训经验，但在过去十几年中间，郑老师只讲授一门课程——《投资策略》。正是因为他只讲一门课程，他的授课满意度几乎每一次都高达100%。

◎培训师的考察

培训经理在选择外部培训师时，除了要对候选培训师做上述"对号入座"外，还应对培训师所具备的能力进行细致考查。表5-1是我们建议使用的评估表。

表 5-1　培训师评估表

能力类别	评估项目	评估标准 很好：得5分；较好：得4分；一般：得3分；较差：得2分；很差：得1分					评估得分	权重设置	得分
专业知识	受教育的背景	1分□	2分□	3分□	4分□	5分□			
	行业工作经验	1分□	2分□	3分□	4分□	5分□			
	专业工作经验	1分□	2分□	3分□	4分□	5分□			
	著作或文章	1分□	2分□	3分□	4分□	5分□			
	知识的系统性	1分□	2分□	3分□	4分□	5分□			
	知识的实用性	1分□	2分□	3分□	4分□	5分□			
	知识面	1分□	2分□	3分□	4分□	5分□			
培训技能	从事培训工作时间	1分□	2分□	3分□	4分□	5分□			
	在培训业的知名度	1分□	2分□	3分□	4分□	5分□			
	培训服务过的公司	1分□	2分□	3分□	4分□	5分□			
	语言、声音、感染力	1分□	2分□	3分□	4分□	5分□			
	形象、气质、亲和力	1分□	2分□	3分□	4分□	5分□			
	培训形式与内容安排	1分□	2分□	3分□	4分□	5分□			
	配合度	1分□	2分□	3分□	4分□	5分□			
综合评估得分									

在这个评估表上，我们把培训师的能力分为了两大项：专业知识和培训技能，每一大能力又包括若干评估项目。使用此表来评估一位培训师，大致不会"看走眼"。与这个评估表配套使用的是表5-2，它对如何获取培训师的相关信息和评估时应注意的事项给出提示。

表5-2 培训师评估-信息获取方式和注意事项

能力类别	评估项目	信息获取方式	权重	评估注意事项
专业知识	受教育的背景	研究讲师介绍		学历高得分高
	行业工作经验	研究讲师介绍		行业工作经验长得分高
	著作或文章	讲师介绍与网络搜索		专业著作和文章多得分高
	知识的系统性	研究课程大纲		系统性强得分高
	知识的实用性	研究课程大纲		实用性强得分高
	知识面	著作/文章、看光盘、交流		知识面广得分高
培训技能	从事培训工作时间	研究讲师介绍		培训工作时间长得分高
	在培训业的知名度	向同业者咨询		知名度高得分高
	培训服务过的公司	研究讲师介绍		行业内知名公司多得分高
	语言、声音、感染力	试听、看光盘、交谈		打印象分
	形象、气质、亲和力	试听、看光盘、交谈		打印象分
	培训形式与内容安排	试听、研究课程大纲		打印象分
	配合度	对要求的响应情况		配合度高得分高

本节核心观点

正确地选择培训师是培训项目成功的关键，而要正确地选择培训师，首先是要正确地选择培训公司。

自我开发练习

请写下您阅读本章的感想：

请写下您想要与本书作者沟通的问题：

第六章
培训评估与绩效认同

企业无不关心培训效果，原因是管理者想知道培训经费花得是否值得以及希望不断改进随后的培训工作。然而，对于培训经理来说，这是一项十分不容易的工作。一是培训效果难于评估，二是评估结论难于被认同。其实，这是一个世界性的难题，没有培训经理能够真正解决它，但对此又不能无所作为。

本章目录

☆ 评估的意义、目的和类型

☆ 柯氏四级评估模型

☆ 评估方案设计

☆ 过程绩效呈现

本章将围绕培训评估这一主题，在介绍培训评估的类型、模型和方案设计套路之后，提出两个重要观点：一是不建议过分深究培训究竟给组织带来了什么具体的经济收益，二是建议重视培训过程绩效呈现。引发培训经理朋友们全面和深入地思考相关问题是本章的目的所在。

第一节　评估的意义、目的和类型

通常的理解是，培训评估是指通过一定的方式了解员工和企业从培训中获得的收益。对员工个人来说，"收益"是指他们学到了什么新的知识或技能，这些知识或技能对他们的态度和行为的影响情况，最终他们的能力和绩效因培训得到了怎样的提高；对于企业组织来说，"收益"是指培训对公司销售的增加、生产力的提高、产品质量的提升、事故的减少、费用的降低、时间的节省、顾客满意度的提高等等。以下是两位培训界人士广泛知晓的名人对培训评估曾经表达的观点。

戈尔茨坦（Goldstein，1986）给培训评估概念所下的定义是："系统地收集必要的描述性和判断性信息，以帮助修改培训项目决策。"这是充满学者气的定义，它是将培训评估视为"在培训项目实施以后，通过适当的有效性评价方法对数据进行分析，得到评估结果并予以反馈，以为下一轮的培训改进提供信息"。这种观点在思维情境中是将培训评估作为培训流程的环节来看待的，即培训评估的依据是初始的培训目标以及预期的结果。

不过，我们更同意唐纳德·柯克帕狄克（Donald Kirkpatrick）对于培训评估的目的近乎直白的表述："企业中的经理总是在思考自己部门的信用度。每一个经理都想被公司接受、信任和尊重。而当你被公司信任、接受和尊重时，会有很多'好事'随之而来：你要求的预算被通过了，你的地位牢固或被提升了，你的工作质量提高了，高层管理者愿意听取你的建议，你获得了更多的控制权。"基于这种观点，培训评估在极大程度上是培训经理们用以证明自身或本部门价值的一种方式。但显然，培训评估并非培训经理一厢情愿的工作事项。

◎培训评估的意义

与任何管理中的控制功能相似，在培训项目中，培训评估是提高培训项目有效性的基础，它不仅是培训体系中关系到培训工作改进和提高的关键环节，也是证明培训项目价值的依据，这对培训部门获得培训资源和支持以及在企业内部成功推广培训项目会起到重要作用。其作用主要包括：

1. 有利于培训项目乃至人力资源项目的推广

培训评估的结果是培训经理向上级汇报的重要资料之一，这可以让公司管理层和直线部门管理者认识到培训能提高员工的素质，改变员工的心态和行为，最终能够帮助员工和部门改善工作绩效，从而促使公司领导和直线部门管理者重视、认可、支持和推进培训工作。

2. 能为有关决策提供信息，从而作出正确判断

决策需要高质量和高可信度的信息，而评估是提供这些信息的手段。通过评估获得的信息，有助于判断在特定的环境和条件下何种方案能起到更大的作用，也有助于决定时间跨度长、投入资金较多的培训项目是否需要继续。

3. 有利于改进和优化培训体系

通过培训评估产生的信息，从课程的角度可以提供给培训师以优化课程设计和讲授效果，从培训组织的角度可以提高培训服务水平，提高学员的满意度，从而提高培训工作的整体绩效。

4. 可使培训资源得到更广泛的推广和共享

通过培训评估，可以促使有关各方关注与培训有关的资料，同时使培训对象更清楚自己的培训需求，从而增强其未来参加培训的意愿，进而间接促进培训工作的深入开展。

5. 可以促进培训管理水平的提高

培训评估可以帮助培训经理全面审视培训的各个环节，如培训需求的确定、培训目标的设置、培训计划的制定、培训资源和时间的控制、培训形式的采用、培训师的确定、培训环境的选择或营造等。经此过程，有关各方可以从中吸取经验教训，从而使培训需求定义更加准确、培训动员更加有效、培训计划更加符合实际需要、培训资源分配更加合理、培训内容与形式更加实用、培训师更加符合需要，而且有利于及时对培训方案进行必要的调整或纠偏。这样，培训经理组织培训工作的水平就可以不断得到提升。

◎培训评估的目的

毫无疑问，任何一项投入都必须考虑产出。企业培训也不例外：为了证明企业培训支出是合理的，其总收益必须超过总成本。在这个意义上讲，传统的理论普遍认为，如果不进行培训评估，就很难衡量培训为企业作出的贡献。然而，由于种种原因，培训评估的重要性多停留在认知层面，在实操性方面远远滞后于培训需求分析和培训执行等培训活动的其他环节。理论上讲，培训评估是为理性的企业组织服务的，主要体现在以下方面：

1. 体现人力资源管理的效益性

通过培训评估，反映培训对于组织的贡献，并以此体现培训部门在组织中的重要作用。培训部门在组织中向来被认为是"成本中心"。通过培训评估，特别是如果能够通过一定的定量分析，让人信服地看到培训成本支出的必要性和有效性，就可以进一步证明培训部门在组织中的重要性。

2. 决定继续进行或停止某个培训课程或项目

有些培训课程（如工作简单化、成功学、计算机基础知识、战略定位、专业化战略等）曾经在一段时间里是热门的培训课程。但随着时代的发展，有些培训内容已经被人们接受，有的培训内容则由于社会思潮、技能或企业环境的变化而被新的培训内容所取代了，如团队管理、有效授权、管理者角色认知、基于目标的时间管理等，已经成为新的热点课程。换言之，通过培训评估，可以发现哪些培训课程已经不再适用，因而应该停止，哪些培训课程还值得继续。这些虽然是在培训需求分析环节应该考虑的问题，但事实上培训评估所获得的信息可以为接下来的培训需求分析提供参考和帮助。

3. 获得如何改进某个培训项目的信息

这被许多人认为是培训评估的最普遍的意义，即通过评估可以对培训需求、培训内容、培训方式等方面有进一步的了解，并据此对现有的培训课程进行修改，使其能够更好地满足学习者的要求。通常会从以下几个方面来获取这样的信息：

1）课程内容满足学员要求的程度；

2）培训师是不是最合适的；

3）培训师是否采用了最有效的方式来保持学员的兴趣；

4）培训设施怎么样；

5）培训时间安排的合理性；

6）培训活动组织得怎样；

7）其他改进建议。

对上述项目的细致分析，可以帮助诊断和分析当前的培训活动中存在的问题，并对今后改进培训活动积累经验。

◎培训评估的类型

下面我们依据不同的培训评估形式和范围，将培训评估划分为若干类型，这种划分与表述的目的在于帮助培训经理认知培训评估形式、范围和内容的可选择性。培训评估主要可区分为以下三大类型。

1. 基于培训过程的评估类型

在这种类型下，可以分为培训前评估、培训中评估和培训后评估。

培训前评估　是在培训之前对学习者的知识、能力和态度进行调查分析，并将其结论作为编排培训计划的依据。培训前评估能够保证培训项目设计有效、组织合理、运行顺利，因而将一定程度地保证学习者对培训项目的满意度。

培训中评估　是指在培训过程中进行的评估。培训中评估能够控制培训的有效程度，便于发现问题及时纠偏。

培训后评估　是指对培训的效果进行评价，是培训评估中最为重要的部分。评估的目的在于使管理者能够明确培训项目选择的优劣，了解培训预期目标的实现程度，为后期培训计划、培训项目的制订与实施等提供有益的信息。

2. 基于评估方式的评估类型

在这种类型下，可分为非正式评估和正式评估。

非正式评估　是依据评估者的主观感受来作出判断。换言之，这种评估就是"跟着感觉走"来进行评判，而不是用事实和数字来加以证明。但非正式评估也有其优点：① 不会给培训学习者造成太大的压力；② 可以更真实、准确地反映出学习者态度的变化，因为这些态度在非正式场合更容易表现出来；③ 可以使培训组织者和培训师发现意料不到的结果；④ 方便易行，几乎不需要耗费额外的时间和资源。

正式评估　多具有详细的评估方案、测量工具和评判标准。它会尽量剔除主观因素的影响，从而使评估更加可信。在正式评估中，对评估者自身素质的要求降低，因为在正式评估的过程中，起关键作用的不是评估者，而是评估方案和测量工具。正式评估的优点有：① 在数据和事实的基础上作出判断，使评估结论更具说服力；② 更容易将评估结论用书面形式呈现出来，如记录和报告等；③ 可以将评估结论与最初的计划比较核对。

3. 基于评估目的的评估类型

在这种评估类型下，可以分为建设性评估和总结性评估。

建设性评估 是指以提出改进培训项目为目的，而不是以是否保留培训项目为目的的评估。它通常是一种正式的、主观的评估，适用于培训需求分析和培训实施阶段，主要探究各阶段实施的细节和成果（如学习目标、教材、教学方法等）是否有缺失，除确保各个阶段的品质之外，也为了使整体培训课程合乎教学的标准。因此，建设性评估是以培训过程控制的方式运作，通过严格控制各项细节及成果，力求得到最好的培训课程。

总结性评估 适用于培训活动结束之后，对学习者和培训项目本身的有效性作出评价，主要是衡量培训活动的效果、价值或贡献。总结性评估又可分为下列两种：① 课程效果评估。主要探讨学习者是否获得了培训目标所列出的知识和技能，继而判断培训课程的好坏及成本效益，最后决定是否继续采用或舍弃该培训课程。② 终极结果评估。适用于培训课程已经结束，学习者回到工作岗位一段时间之后，以了解学习者将所学知识和技能应用于工作的程度，以及所学知识和技能对于其工作与组织的贡献。

> **本节核心观点**
>
> 培训评估是关系到培训工作改进和提高的关键环节，是证明培训项目价值的依据，是获得培训资源和支持的前提。

第二节 柯氏四级评估模型

早期的许多学者对企业应该如何进行培训评估提出过观点，如考夫曼的五层次评估模型、沃尔的CIRO评估模型、高尔文的CIPP模型和菲利普斯的五层次投资回报评估模型等等，当今大量的培训公司和培训经理也在尝试着提出自己的观点。但是，一直以来被培训学界和业界提及和使用最广泛的还是唐纳德·柯克帕狄克早在1967年就提出的培训评估模型，即"柯氏四级评估模型"。本节我们就来专门介绍柯氏提出的四级评估模型。

柯氏评估模型是分四个层次来对一个培训项目进行评估的（表6）。

表6 柯氏四级评估模型

评估层次	评估重点
结果	工作中导致的结果
行为	工作行为的改变
学习	学到的知识、技能和态度
反应	学习者满意度

柯氏认为，这四个层次的评估是一个递进的过程：学习者满意，他们才可能学到知识和技能；他们学到了知识和技能，他们的工作行为才可能发生改变；他们的工作行为发生改变，才可能导致好的工作结果。

◎反应评估

反应评估居于柯氏四级评估模型中的第一层次，它是通过一定方式了解学习者对培训课程的评价，如培训内容、培训材料、培训师、培训设备、培训方法、培训组织等。柯氏认为，要使培训有效，首先是学习者对培训有积极的反应，评价的信息显示大多数学习者喜欢该培训课程，就说明培训的内容是学习者能接受的。否则，学习者将没有积极的动机与主动的学习态度来参加培训，就更谈不上将培训内容转化为学习者的实际行动了。

反应评估的作用体现在：

- 让学习者感到培训师和组织者对他们意见的尊重；

- 可以把评估得来的信息反馈给管理层，让他们对培训有更多的了解；

- 让培训组织者了解哪些方面做得好，哪些方面做得不好，以便改善今后的培训组织与管理工作；

- 让培训师改进课程内容和授课技巧。

通常来讲，反应评估是比较容易的。最常用的方法是在培训后让学习者填写一张培训评估表。

◎学习评估

学习评估是通过一定的方式测量课程中的原理、事实、技术和技能被学习者掌握的程度，包括学到了什么知识？学到或改进了哪些技能？改变了哪些态度？在进行学习评估时，设计评估方案非常重要，通常会通过前后比较或设置控制组的方式（下文将专门介绍）来对学习效果进行评估。

这一层次的评估，通常或大多是采取测验的方式进行。

◎行为评估

行为评估是通过一定的方式了解学习者将培训所学知识和技能转化为行为的程度，即学习者在结束培训回到工作岗位后工作行为有无改变。

行为层次上的评估比上述反应和学习层次上的评估更复杂和难操作。原因是：

（1）学习者行为的改变是有条件的。如果他们在培训后没有机会应用所学到的知识和技能，行为的改变就很难发生或体现。

（2）很难预计何时会有变化产生。即便学习者有机会应用所学的东西，他们的行为也不会立竿见影地产生变化。柯氏称自己的研究显示，行为上的变化可能在学习者学习后的任何时候发生，也可能根本不会出现行为上的变化。

（3）行为改变往往受到外部因素的影响，比如，如果管理层对员工采用新的工作方法给予考核或鼓励，则会极大地刺激员工将培训所学知识和技能向工作中转移。

以上这些使得对行为改变的评估比上面的第一层次和第二层次的评估要困难许多。第一层次和第二层次的评估往往在培训后即刻进行，而对于行为层次上的评估，就要注意什么时候评估、评估的频率以及采用何种方式进行评估了。也正因为如此，很多公司在培训后，往往在进行了第一层次和第二层次的评估后就不再进行进一步的行为评估了。

◎结果评估

结果评估是通过一定的方式了解培训项目给组织带来的如节约成本、绩效和质量改变、利润回报等信息。这一评估普遍被认为是柯氏四级评估中最重要的，但也是最难实际进行的。

现实中的许多公司领导和培训经理往往会关心诸如这样一些问题：在主管和经理人员参加了一次《全面质量管理》培训后，产品质量究竟提高了多少？在一线主管人员参加了一次《辅导员工》培训后，员工的差错率究竟降低了多少？在中层经理人员参加了一次《高效团队管理》培训后，团队管理效率究竟提高了多少？在销售部门内勤人员参加了一次《时间管理》培训后，他们的工作效率和时间利用效率究竟提高了多少？公司投入在所有培训项目上的投资回报究竟是多少？

然而，由于种种原因，对培训结果进行评估的企业其实并不多。学者们找到的原因是：一方面，培训经理们本身并不确切地知道该如何评估结果，并与成本进行比较；另一方面，由于结果的信息往往比较难以收集，如果没有采用较好的评估设计，人们也会对收益是否完全是由培训所导致的而产生怀疑。根据美国《培训》杂志 1996 年所做的调查，企业在做培训评估时用得最多的方法是反应评估和学习评估（见图6）。

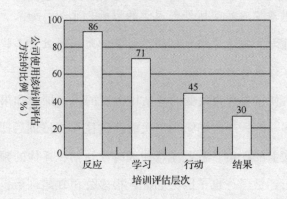

图6 美国公司应用培训评估层次的比例

本节核心观点

> 柯氏四级评估包括：反应评估、学习评估、行为评估、结果评估。

第三节 评估方案设计

要实施培训评估，就需要设计培训方案。这涉及两个方面的问题：选择培训方案和选择评估方法，以下分别介绍。

◎选择评估方案

培训评估要解决的问题包括，在充分考虑各种可行性因素的基础上，选择恰当的评估方案，这直接决定着对非培训因素的分解并决定着对培训效果的测量。在不同的方案之间进行选择的最重要的标准是有效性。在设计和选择何种类型的评估方案之前，通常要考虑以下基本因素：培训的重要性、培训变化的可能性、培训规模和参与范围、培训目标、组织文化和评估方法、专业技术、评估成本以及时间限制等。在现实中，以下五种培训评估方案使用比较广泛：

单组后测设计

这是一种被现实中的绝大多数培训经理和培训公司所采用的评估方案：在培训结束后进行柯氏四级评估中的第一级和第二级评估，即了解学习者对培训课程的满意度和测试学习者对课堂知识点的掌握情况。

单组前测/后测设计

这种设计方案要求对学习者在接受培训之前和在接受课程培训之后分别进行两次内容相同或者相近的测试，将这两次测试的结果进行对比分析，其变化结果就反映了培训所获得的新知识。这也是一种常用的方法，被认为是较为科学、操作不繁琐的方法。此方法的关键点是评估问卷设计是否有效。

前测/后测控制组设计

这种方法是将参加培训的学习者组成实验组，将不参加培训的人员组成控制组，同时对这两组人员进行事前测试和事后测试，两组培训前的结果应该是相似的，将测试结果进行交叉比较来评估培训的效果，最后在同一时间内对实验组和控制组分别进行评估，评估的结果差距就是培训的效果。这种对比评估方案虽然比较复杂，但是由于它更为准确，因而被许多大公司的培训经理所采用。

所罗门四组设计

就是将以上几种设计方案结合起来使用，这样做的好处是把干扰培训效果的其他因素的影响减少到最低程度。在具体操作的时候，可以把学习者随机分成两个实验组接受培训，同时另外设置两个对应的对照组。如果实验组比对照组好，则证明培训是有效的。如果两个实验组之间的成绩相当，而对照组的成绩也不相上下，则证明培训测验没有缺陷，测验本身没有影响培训的成绩。所以，所罗门四组设计不仅可以考察培训效果，还可以考察测验缺陷。

时间顺序设计

它是指在培训前和培训后每隔一段时间检测一次培训效果，按既定的时间间隔、阶段性来测试和收集培训成果有关信息数据的一种培训评估方案。这种方法适用于时间跨度较长（跨年度）的培训评估。它的优点在于，在培训期内监测培训效果的动态，洞悉学习效率高峰与低谷时段。相对于前述四种方法，时间顺序法提供的信息量更大，可以使评价者对培训结果在一段时间的稳定性进行分析，它经常用于评估会随着时间发生变化的一些可观测的培训结果，如生产率、缺勤率、事故率等。在使用这种方案时，可以采用或放弃对照组。

◎选择评估方法

在选择了评估方案之后或同时，还要选择适用的评估方法。评估方法主要分为两大类：定性评估和定量评估。定性评估是建立在经验和逻辑基础上的，而定量评估则是以数学、统计学为基础的。人们一般认为，在评估培训效果时，应综合应用两类方法，只有这样才能得出较为准确的评估结果。

1. 定性评估法

定性评估法在评估培训效果中运用得较为广泛，它是指评估者在调查研究、了解实际情况后，再结合自己的经验与标准，对培训的效果作出评价。定性评估只是对培训项目的实施效果作出一个方向性的判断，也就是主要作"好"与"差"的判断。由于定性评估不能得出数量化的结论，故不能对培训效果达到的程度作出准确的表述。

但是，定性评估的方法简单易行，所需数据少，可考虑的因素很多，评估过程可以充分发挥自己的经验等。定性评估法的缺点在于评估结果受主观因素、理论水平和实践经验的影响较大。由于不同评估者的工作岗位不同、工作经历不同、掌握的信息不同，往往会对同一问题作出不同的判断。定性评估的具体方法主要有以下 10 种：

（1）**问卷法**。就是在培训结束时，收集被评估者对于培训的效果和有用性的反应。这方面的信息对于培训方案的重新设计或后续培训项目的规划和实施有重要的作用。在这一方法中，怎样设计问卷是个关键。评估者需要围绕培训课程设计问卷，问卷的内容一般包括培训内容的针对性、培训师水平、培训设施、自己从培训中得到的收益等问题。问卷法的缺点是其数据是主观的，并且是建立在学习者测试时的意见和情感之上的。

（2）**笔试**（测验）**法**。培训组织者通过笔试的方法对学习者参加培训前和培训结束后的知识和技能进行测验，了解其在知识和技能的掌握方面有多大程度的提高。如果培训后测试的成绩高于培训前，则表明培训有效。

（3）**工作绩效考核法**。在培训项目结束后，每隔一段时间（如 3～6 个月）对学习者的工作绩效进行一次评估，如工作量有无增加、工作能力有无提高、人际能力有无增强等。对一些技术工作，例如工厂里的车工、钳工、电脑维修工、整烫工等，也可以通过绩效考核来了解他们的技能提高情况。

（4）**工作态度调查法**。在培训期间和结束时，用调查表调查学习者的工作态度，将两次调查结果进行对比，即可获得学习者态度是否变化的信息。

（5）**工作标准评价法**。通过了解学习者在工作数量、工作质量和工作态度等方面是否达到工作标准来判断培训是否有效。

（6）**跟踪观察法**。评估者基于前期已经掌握的学习者的情况，在培训结束后亲自到学习者所在的工作岗位上，通过仔细观察和记录学习者在工作中的表现，并与培训前的表现记录进行比较，以此来衡量培训对学习者所起的作用。这种方法由于花费时间较多，不能大范围使用，而且可能会打扰当事人，使得收集的信息不可靠。但是，它却是用于测量行为改变的较好的途径。

（7）**比较法**。这是一种相对评估法，包括纵向比较评估和横向比较评估。纵向比较评估是指对学习者过去和现在的状况进行比较，看是否有进步；横向比较评估是指与对照组的员工进行比较，以分辨培训是否有效。

（8）**目标评估法**。通常，培训计划制订时已经建立了具体的目标。目标评估法就是在培训结束后将学习者在实际工作中的表现与既定的目标进行比较，看是否达到了既定目标。这种方法可以在培训结束半年后对学习者进行一次绩效考核，包括目标考核和过程考核，对比参加培训前的绩效，如果有较明显的提高即可认定培训是有效的。

（9）**面谈法**。直接与学习者面谈了解其在人格、行为特征、学习态度、工作能力与绩效方面是否有变化，以评估培训效果。

（10）**征询意见法**。是指通过调查或询问学习者的主管或下属而获得学习者培训后的效果。征询主管是否认为学习者的工作能力、工作态度有了提高或改变；征询下属员工是否觉得学习者培训后的领导素质有了提高或改变。但采取这种方法获得的意见作为评价依据时必须考虑其公正性和客观性。

2. 定量评估法

定量评估法在培训效果评估中运用得比较少，但培训经理们却普遍希望获得这类方法以证明培训的有效性。常用的定量评估法有成本—收益分析法、边际分析法、目标成本法、假设检验法等。由于这方面的内容过于专业，这里就不作介绍，读者可上网或在一些专业书籍中查找这些方法的具体内容。

值得一提的是，现在有越来越多的培训经理在渴望得到评估培训的投资回报的方法。这通常出于两点原因：一是公司领导关心培训投入与产出情况。因为公司领导关心这个问题，培训经理便不得不重视，因为他们不能不对公司领导的关心有所回应。二是即便公司领导不追问培训的经济价值，培训经理出于维持工作信心原因，自身也会关心培训的投资回报问题，因为培训活动是培训经理组织的，他们无不希望知道自己的工作究竟为组织带来了什么实际收益。

然而，让培训经理们不无失望的是，迄今为止在世界范围内还没有形成一种被普遍认可为"最佳"的评估培训的投资回报的方法。要深究培训究竟给组织带来了多少经济收益，几乎是不大可能的，正如几乎没有人能让人信服地说明在一个公司的销售额和利润额中，公司领导、营销部门、生产部门、研发部门、采购部门、人力部门和财务部门的具体贡献值，所能呈现的只能是一些分项或过程指标。既然做不到，为什么一定要去做呢？其实，培训投资回报率评估只是西方理论家提出的旨在提高其自身学术地位的不切实际的文字游戏。

本节核心观点

选择什么样的培训评估方案，这直接决定着对非培训因素分解的有效性，并决定着对培训效果测量的有效性。

第四节 过程绩效呈现

理性地看，进行培训评估，尤其是进行培训绩效部分的评估，有两个明显的目的：一是对公司管理层有一个交待——培训经费花得值得吗？二是通过评估可以发现培训工作中存在的问题，以便改进今后的培训工作。大多数培训经理对培训评估方法的渴求，更多的是出于第一动机，因为当他们试图向组织中的人们呈现他们评估的结论时，他们的这一动机是毋庸置疑的，如果他们仅仅只是为了自己改进今后的培训工作，则大可不必采取繁琐的形式和方法。

然而，在我们用大量的篇幅介绍了培训评估所涉及的若干方案和方法之后，我们不得不面对这样的一些问题：

（1）培训评估太复杂了，这种复杂性意味着培训经理们如果要按照这些科学的方法来评估每一次的培训，仅培训评估所要花费的时间可能会是策划组织一个培训项目所花的时间的一倍以上，大多数企业并不能接受这一点。试想，当一位培训经理花一个月时间来组织一次培训活动，却要花一个月以上的时间来评估这次培训活动时，组织中的人们会怎样评估这位培训经理呢？

（2）按照这些科学的方法进行培训评估，需要企业具备相应的实施培训评估的条件，起码是相关部门愿意向培训经理们提供相关数据或提供收集相关数据的条件，当企业不能做到时，意味着培训经理在这方面的工作几乎难以进行。

（3）当一个企业的培训工作还没有步入正轨时，意味着企业中的人们对培训的理解是有限的，在这种情况下，培训经理一厢情愿地进行复杂的培训评估，尤其是进行投资回报分析，其评估的结果将难于让人认同。

◎相关建议与意义

在本章的最后一节我们试图表明，既然培训评估的首要目的是要给组织一个较为满意的交待，那么培训经理们可以通过"培训过程绩效呈现"的方式来补充科学的培训评估方法的不足或使用中的困难。在淘课常年开办的《培训培训经理（TTM）》系列课程中，我们一直在坚定和真诚地建议培训经理们注重培训过程中的绩效呈现。无论你所在的企业在培训管理方面的水平处于什么级别，这一建议都将是有效的。

对于那些培训活动较少，公司管理层并不要求进行培训绩效评估的企业的培训经理来说，重视培训过程中的绩效呈现，将可以让企业各方面的人员看到和承认培训工作和培训经理的工作价值，这将具有多方面的意义；对于那些公司管理层比较关注培训绩效情况，但企业的培训管理发展水平较差，因而科学的培训评估方法较难在企业实行的培训经理来说，重视培训过程绩效呈现，可以在相当程度上弥补采用科学的评估方法方面的环境障碍；对于那些本身在使用科学的培训评估方法的培训经理来说，培训过程绩效呈现方法将可以起到"锦上添花"的效果。

"培训过程绩效呈现"是指通过关注和强化培训全过程各环节的管理，力求在细节上追求完美，以此增加人们对培训组织工作的满意度，并促进和提升培训活动的价值。

我们不妨这样思考一下：企业中有许多岗位工作的结果是难于用财务指标来衡量的，甚至也不能全面地使用非财务指标来衡量这些岗位工作的结果的价值。比如，人力资源部负责员工考勤的专员的工作结果、总经理秘书的工作结果、行政助理的工作结果、市场部门价格巡视员的工作结果、财务部门负责纳税的会计的工作结果、生产部门负责向工人发放零配件的员工的工作结果。甚至严格地说，有许多管理者的工作结果也是难以评估的，比如市场总监的工作结果、广告部主管的工作结果、人力资源部经理的工作结果、销售内勤主管的工作结果、会计部经理的工作结果、法务部经理的工作结果。如果说许多企业也能对这些人员的工作绩效作出评估的话，其所用的评估指标也大都是相对有效的，并且员工平时的表现占有相当大的权重。但是即便如此，这些岗位工作者中的许多人却能获得企业的信任、重用，甚至他们之中也会有许多人被评为先进工作者。之所以如此，是因为他们在工作过程中的表现让组织满意。

没错，在许多情况下人们是基于工作的过程表现来判断工作结果的，尤其是对那些终极结果无法衡量的工作，过程表现往往就是工作结果。事实上，在许多情况下，良好的过程表现，还有助于获得良好的工作结果，因为过程的良好表现，可以争取到更多的信任和资源，因而会对结果产生正面影响。

培训过程绩效呈现要求培训经理争取在培训活动的每一个环节甚至于每个环节的每个重要细节上都有良好的表现。任何一次培训活动都可分为培训需求分析、培训计划制订、培训内容准备、培训活动实施、培训效果评估与呈现等步骤。我们经过大量的调查研究发现，如果培训经理能够做到在培训活动的每一环节都有良好表现，便会出现以下两种结果。

一是，在这种情况下，即便不作最终培训效果评估，人们也认为培训具有良好的效果。在这种情况下，如果作了培训效果评估，其评估结果也能获得更多的认同。

二是，当培训过程表现良好时，会对最终培训效果产生积极影响，因为过程的良好表现会使学习者更加满意，会使领导更加支持和肯定。当学习者更加满意时，他们的学习心态和行为会更加正面；当领导更加支持和肯定时，他们会对学习者的心态和行为产生积极的强化作用。

◎相关方法与要点

在培训过程绩效呈现中，所要呈现的内容应始终围绕两个要点而展开：一是，让相关管理者和学习者充分理解培训经理的意图是帮助他们更有效地实现他们的工作目标；二是，培训经理担任的是服务者的角色，是员工学习与成长方面的专家，因而他们的建议和要求值得尊重。下面分别作必要的指引。

1. 在培训需求分析阶段要做到什么

这一阶段，务必使管理者和学习者意识到，培训经理进行需求调研的目的是为了使他们更好地实现他们的工作和职业发展目标，而不是仅仅在完成组织任务，更不是培训经理在将自己的意见强加于他们。在此过程中，有两个关键点：一是要让相关管理者和学习者确信培训经理是在为他们服务，二是培训经理要表现出良好的责任心和专业形象。

2. 在培训计划制订阶段要做到什么

这一阶段，培训经理务必要以管理者的愿意为主轴来安排培训计划。其标准是让相关管理者强烈地感受到培训经理是在努力从培训的角度帮助他们实现他们的工作目标，并且确信培训经理提出的建议和意见是有专业高度的（有理有据）。

3. 在培训内容准备阶段要做到什么

这一阶段，培训经理务必要依据学习者实际关心的问题和其所能接受的方式准备培训内容。包括培训师的准备、课程所涉知识点的准备、案例的准备、教学互动形式和内容的准备、相关测试问卷的准备、必要的奖品的准备以及食品饮料的准备等等。在准备相关内容过程中，涉及到需要与学习者接触或沟通时，应努力给学习者留下两种印象：一是培训经理是在努力帮助他们解决实现工作和职业目标过程中的特定问题，二是培训经理做事的方式十分专业。

4. 在培训组织实施阶段要做到什么

这一阶段，培训经理务必要做到以学习者为中心，通过关注和正面引导学习者的心理和行为来保证课堂学习的正面效果。这要求培训经理做到两点：一是要具备良好的职业形象，主要是着装礼仪和言谈举止要尽可能正式，只有正式才可能让人感受到专业。二是要善于运用专业的技巧来对学习者施加影响，包括正式的签到、正式的照相和摄像、分别给予意见领袖和"问题学员"以更多的关注、对学习氛围进行把控等等。

5. 在培训效果呈现阶段要做到什么

这里所说的培训效果呈现不是指经评估后的最终培训绩效呈现，而是指让人们生动形象地了解一次培训活动所经历的过程和难忘场面。在这一阶段，培训经理务必要做到向企业中尽可能广泛的受众传播领导者和学习者参与培训活动的积极正面的事迹和场景。每个人都愿意听好听的话，看到有关自己的形象，通过语言、照片和视频含蓄地赞美管理者和学习者为一次培训活动的成功举行所作出的贡献，本身也是在为自己脸上贴金。但切记，所有的呈现都应该是以管理者和学习者为中心的，因为他们才是真正的舞台上的明星，培训经理只是幕后的编剧和导演。

本节核心观点

"培训过程绩效呈现"是指，通过关注和强化培训全过程各环节的管理，力求在细节上做到完美，以此增加人们对培训活动的满意度，并促进和提升培训活动的价值。

自我开发练习

请写下您阅读本章的感想：

请写下您想要与本书作者沟通的问题：

第七章
内部培训师的培养与管理

　　内部培训师的价值绝不仅仅体现在成本方面，更大的价值在于：由他们执行培训可能更具针对性和实用性；他们能够真正地起到促进组织文化传承和学习型组织建设的作用。然而，培养和管理内部培训师并非易事，它需要导入新的思维和方法才能成为可能。

本章目录

☆　内部培训师的价值

☆　内部培训师的发展模式

☆　内部培训师的培养方法

☆　运用四项激励策略

　　　　本章将围绕内部培训师的价值、人选、培养和激励这四个方面的问题展开讨论，目的是帮助培训经理朋友们全面和深入地思考相关问题，并找到或创造出内部培训师培养与管理的新的方法。

第一节　内部培训师的价值

在过去近二十几年间，管理培训给人们的心中造成了一个印象，即它应该是这样的一种情境：一位西装革履（以穿着有背带的西裤为最佳）、有着令人羡慕的学历背景（以拥有世界顶级学府的 MBA 或博士文凭为最佳）、有着令人羡慕的工作背景（以在全球著名跨国公司任过高职为最佳）、有着令人羡慕的职称或职务头衔（以拥有博导或会长、商学院院长、著名跨国公司总裁/副总裁等头衔为最佳）、服务过大量的知名客户（以服务过众多的著名跨国公司和国内知名企业为最佳）的人士，用流行的培训形式和夹杂着大量英文单词（是不是真能说一口流利的英语则另当别论）的中文给大家讲授管理知识、搞笑故事和大公司的管理经验与方法……这样的培训形式被"理论"一再表明是符合成人学习心理的。

然而，当企业因无法评估培训产品的真实价值而过多地关注培训艺术感的形式符号所代表的意义或价值时，当培训经理们因无法把控培训的效果而倾向于礼请知名的外部培训师做培训时，人们似乎忘记了培训的真正目的。企业培训的真正目的是，使学习者学习到与工作相关的知识和方法，从而使他们的工作效率、工作质量得以提高或降低工作成本，与此同时提高他们的职业发展能力。真正做过管理的人，只要沉下心来稍加思考便不难发现，真正有效的管理其实是比较枯燥的——因为它多半是对一些规定和标准的不断重复或强调。在企业管理的实践过程中，管理并无太多的艺术感可言。

我们想要表达的是，当企业或培训经理们过多地关注培训艺术感的形式符号所代表的意义或安全时，企业或培训经理在建设内部培训师团队方面便必然会碰到麻烦——培养不出"合格"的内部培训师。本节所表达的观点，将有助于培训经理全面思考企业内部培训师的价值及相关问题。

◎ 使用内部培训师的优点

企业使用内部培训师教学有以下三大优点。

1. 培训的直接成本低廉

请外部培训师做培训，按照目前的市场价格，每天要直接支付的课酬和培训师的交通食宿费用（含外部培训师自带的助教），平均每天在2万元左右。而使用内部培训师的直接成本（不含内部培训师的工资成本）通常不到前述费用的10%。以一个中型规模的公司每年请外部培训师到企业内部做培训10次共计20天（通常一次培训为两天）计算，请外部培训师所花的直接成本为40万元左右，而使用内部培训师的直接成本仅仅在4万元以内。

当然，计算一次培训的成本不能仅限于培训师的费用，理论上讲更应计算学习效率。但无论如何，外部培训师的培训效率不大可能是内部培训师的10倍。

2. 课程往往更具针对性

一般而言，内部培训师大多在企业内部有较长的工作时间，并且有丰富的工作经验，对于企业内部的运作情况和企业外部的经营环境均有较为深入的了解和把握，对学习者的情况十分熟悉。因而，他们在培训内容的设计、形式、案例和时间的安排上更具针对性。除此之外，他们还可能比较了解学习者的知识、能力、性格、业绩乃至他们的家庭背景，这将有助于他们在教学过程中针对学习者的具体情况来调动他们的学习热情，并有针对性地帮助学习者较快地将所学知识和技能运用到实际工作中去。

这是绝大多数外部培训师所不具备的，外部培训师讲授的大多是通用的知识、工具、方法和案例，他们不了解请他们做培训的企业，所讲授的内容不仅可能不适用于企业，还可能与企业文化与管理环境发生冲突，从而导致思想的混乱。尤其是那些知名的外部培训师，由于他们的"档期"很满、时间有限，他们所讲授的大都是以一贯之的通用版本的课程。他们的"助理"在培训之前可能也会像模像样地进行一番"培训需求调研"，但实际上这可能更多的只是满足客户要求的一种姿态，只有为数不多的知名培训师会根据调研发现的问题来修改既定的课程。

3. 对学习型组织有实质性贡献

大多数企业都希望甚至于宣称要把本企业建成学习型组织。但是，我们很难想象一个没有内部培训师团队的企业是一个什么样的"学习型组织"。有效的内部培训师团队可以从以下五个方面为学习型组织建设作出贡献：

一是，存在内部培训师的企业同时在向企业全体员工和其他利益相关者（供应商、客户、投资者和金融机构等）传达企业的一个意志：本企业十分重视员工学习。这不仅对强化员工的学习意识有好处，也可以让员工感觉到企业对进步的追求，还可以增加各类利益相关者对企业的信心——它们会相信重视员工学习的企业更能适应环境，其进步更能持续。这是学习型组织发展的前提——企业具有建设学习型组织的意愿。

二是，当一个企业的内部培训师同时又是优秀的管理者，并且因为他们既会管理又善于培训员工，从而更有发展前景时，他们无疑将成为企业中其他人员羡慕的对象、模仿的标杆。这是学习型组织的条件——员工具有学习成长的意愿。

三是，当一群内部培训师同时又是管理者时，如果他们对做培训有足够的热情和责任心，他们不仅会认真总结他们的管理经验，同时他们也必然会认真学习相关知识和技能，这是提升他们的知识和技能的最佳方式（我们每一个人都懂得分享是最好的学习：当一个学生同时又是其他学生的"教员"时，他的学习成绩会更好）。除此之外还会出现两个效应：一是管理者对学习的兴趣会影响他的下属员工对学习的兴趣；二是他们会更加虚心学习外部培训师和其他内部培训师讲授的课程，作为"意见领袖"，他们的行为将对其他学习者产生正面的影响。这是学习型组织建设的又一条件——由上而下的积极的学习氛围。

四是，一般来说，外部培训师的培训课程是针对某一问题较为理论性的讲授，不大可能对一家具体的企业发展产生持续的累加效应。内部培训师授课则可以根据员工的意见反馈，对课程内容进行不断的修改和提升，从而产生不断的积累和升华。从长远来看，这既对企业知识产权的保护和升级具有很深远的意义，又可不断地积累知识，使企业的培训课程体系不断丰富而且更趋实用。这是学习型组织建设的核心内容——具有本企业特色的可持续的课程体系。

五是，当一个企业只请外部培训师授课时，可以肯定它的培训管理体系是用以适应这一方向的。所以你会发现，凡是没有内部培训师的企业，都缺少培训管理体系，也没有太多的培训管理人员。这是因为，外请培训师价格高昂，企业因而不可能做很多培训，与之相匹配的培训管理体系也就不需要建立，也不需要有过多的人来负责培训工作。与之相反，由于存在内部培训师，培训的成本低廉，培训频率会因之而增加，培训相关的研究和组织工作也会大量增加，为了保证工作有序进行、忙而不乱和富有成效，就需要相应数量的人员按照相关的管理标准来管理培训工作。换言之，企业发展内部培训师团队的过程，也是企业的培训管理工作日趋完善的过程。这是建设学习型组织的基础——没有体系，必不能持续。

表7-1 显示的是我们认为的内部培训师和外部培训师所授课程大致应占的比例。

表 7-1　内、外部培训师授课比例

课 程 类 型	内部培训师执行的比例	外部培训师执行的比例
高层管理人员培训	20%	80%
中层管理人员培训	60%	40%
基层管理人员培训	80%	20%
一线工作人员	90%	10%

◎内部培训师的"短板"

外部培训师之所以"吃香"，是与内部培训师本身存在"天然"的缺陷有关。按照一般的理解，内部培训师的"短板"主要表现在以下四个方面。

1. 知识面较窄

内部培训师虽然有一定的工作经验（这对他们基于岗位知识和技能的教学具有一定的优势），但由于他们中的大多数人是兼职做培训师的，他们的本职工作任务往往较重，使得他们无暇学习大量的专业知识，尤其是无法全面掌握最新的专业知识，以至于他们的教学内容可能钉是钉铆是铆，缺少弹性，不能做到旁征博引。

钉是钉铆是铆的教学内容和风格本身并不是问题，问题是学习者和组织者可能期望培训内容更加丰富多彩，可能希望有更直接的路径和更简易的方法，可能相信外部培训师比内部培训师更能胜任。

2. 权威感不足

如本节开头我们描述过的那样，在过去的近二十几年间，管理培训已经被"定格"为这样的一种情景：一位西装革履、有着令人羡慕的学历背景、有着令人羡慕的工作背景、有着令人羡慕的职称或职务头衔、服务过大量知名客户的人士，用流行的培训形式和夹杂着大量英文单词的中文给大家讲授管理知识、搞笑故事和大公司的管理经验与方法。这样的培训师被广泛的人群认为是某个知识和工作领域的权威。因为视他们是"权威",无论是培训组织者、决策者,还是参与学习者,都不假思索地认为他们所传授的知识和技能更加可信和可靠。

与那些"外来的和尚"相比,在企业中朝夕相见、知根知底,早已让人产生"审美疲劳"的内部培训师就相形见绌了。他们在学习者、培训组织者和决策者眼里大多无权威感可言,即便他们拥有的知识和技能其实远远比外面那些经过包装了的培训师更加丰富而又实用,也往往不能得到认同。在人们的学习心态已经被"定格"抑或是扭曲的情况下,由内部培训师实施的教学"效果"自然不佳。

3. 授课技巧有限

毫无疑问,与外部商业培训师相比,内部培训师的授课技巧也是较为普遍的"短板",比如他们可能不善于"控场",不善于带领学员做游戏,不善于说俏皮话,不善于使用"散装英语",不善于讲故事,不善于照顾不同学习者的情绪等等。这成为企业使用内部培训师的又一障碍。

4. 授课热情不足

大多数内部培训师是以兼职的身份做企业内部培训师的,其中有许多内部培训师本身并不愿意兼职做培训师,是企业领导或培训部门"强拉硬拽"把他们推上讲台的。还有一部分人则一开始由于不明真相而产生了做兼职培训师的兴趣,后来发现做培训并不是一项简单的工作或者由于培训工作与本职工作出现了冲突,做培训的热情也就大减了。另有一部分人因为在做培训的过程中发现做培训并不能给他们带来什么好处(主要是经济上的),当初的热情也就逐渐消减了。

做好任何一项工作,都需要有足够的热情,做培训师尤其如此。不仅没有热情的培训师不可能产生良好的培训效果,热情不足的培训师也同样不可能产生良好的培训效果。

◎必要的反思

在大多数情况下，当我们说企业使用内部培训师存在这样或那样的问题时，实际上我们的内心里有一个参照物，那就是外部商业培训师。这就是问题的关键——当你拿外部商业培训师的标准来衡量内部培训师时，你将很难建立起内部培训师团队。在这个问题上有以下两点值得反思。

1. 企业给予了内部培训师以怎样的待遇

当企业要求内部培训师具备外部商业培训师那样的讲课技巧、知识面、权威感和授课激情时，企业应该同时想一想：我们是怎样对待内部培训师的？

普遍的现象是，企业不仅愿意给予外部商业培训师以高昂的课酬，而且从内心深处对外部商业培训师是仰视的。起码，外部培训师到企业来讲课，企业会安排尽可能高级的培训场地，会安排车辆接送，会把培训师安排在高级酒店住宿和进餐，有的企业领导还会亲临培训现场听课并与培训师一同进餐，培训经理在培训前会隆重地介绍即将开讲的培训师，在整个培训的过程中，培训经理会全程服务，以维持培训现场氛围，还会尽量满足培训师对教具、礼品、茶点的要求等等。

我们不谈企业是否应该向内部培训师支付适当的足以激发其热情的课酬。仅仅比较一下其他方面的待遇就将看到，与外部商业培训师的待遇相比，内部培训师其实被企业大大地看低了。他们执行培训时，几乎享受不到任何与外部商业培训师可以相提并论的待遇。

本书的两位作者都有八年以上的培训业工作经历，与无以数计的商业培训师打过交道，并且自身也是商业培训师。我们深知，培训师从事的是教书育人的崇高事业，只有在得到尊敬、受到礼遇的情况下，培训师才会有好的热情和好的表现……

2. 企业用以满足培训目的的方式究竟应该是怎样的

在企业自觉与不自觉地拿内部培训师与外部商业培训师进行比较，因而总是关注内部培训师身上存在着的种种问题或不足时，很少有人思考过这样一个问题：那些被人们一致认可的外部商业培训师讲授的课程就一定比授课能力"不怎么样"的内部培训师更能使学习者和企业受益吗？我们的观点是，不一定！

一个令人遗憾且痛心的现象是，尽管员工培训在国内风行了将近二十年，但由于培训的最终效果难于评估、培训经理们的"安全意识"等原因，人们对培训形式的关注至今还远远大于对培训的最终效果的关注。大多数人认为，成人在快乐状态下才能学习到东西，因而取悦于学习者的培训形式和内容被人们不假思索地认为是"好的"培训。事实上，能够解决问题的培训才是真正有效的培训，而能够解决问题的培训不一定就是形式和内容上让人快乐的培训，有时让人痛苦的培训形式和内容可能更能触动学习者的心灵，引发学习者思考和改变。比如，在一个教授员工如何提高工作效率的课程中，给员工讲笑话固然可以使学习者开心，但让员工掌握提高工作效率的方式比让他们开心肯定更具价值，为了让他们提高工作效率，让他们进行某种现场比赛，并让中等效率以下的所有的学习者受到某种程度的惩罚，这固然可能让那些受到惩罚的学习者不开心，但却对保证真正的学习效果是有益的。

由于这个问题太普遍而且太重要了，我们需要重述一下在本书第一章已经表述过的观点：二十年前，"管理培训"这个词还没有进入我们的视野，自然那时的企业没有我们今天所说的或意象中的种种"培训"形式。但是，这不意味着那时的企业没有学习。现在，为了更好地理解这一观点，我们可以想象一下二十年前有这么一位名叫 Z 的人：

Z 大学毕业后，应聘到一家企业当了一名销售员；两年以后，Z 当上了区域销售经理；三年以后，Z 当上了公司销售部经理；五年以后，Z 当上公司营销副总经理。Z 的成长过程毫无疑问也是一种不断学习进步的过程。那么，在他成长的那个时代并没有现在我们看到的那些形式的"培训"，在没有"培训"的情况下，他是如何学习进步的呢？

完全可以想象得出，在没有"培训"的情况下，Z 主要是采取了以下方式学习而得以不断成长进步的：

——**向老同事学习**。当 Z 大学毕业进入到企业工作时，他没有任何销售方面的知识和技能。在这种情况下，他被领导安排跟一位老销售员学习如何做销售。跟着那位老销售员学习了两个月，他已经懂得了做销售的基本方法，于是领导安排他开始独立开发客户。

——**在同事间的工作竞赛中学习**。Z 独立开展业务活动后，他面临了很大的压力，因为公司共有一百多名销售人员，绝大多数都是经验丰富的老销售员，他们每个月的个人业绩都要比 Z 好出许多。为了早日提高自己的业绩，Z 一方面不断向老销售员请教，另一方面从书店里买来大量的销售技巧方面的书籍自学。于是，他的销售知识和技能不断提高，他的业绩也因而不断提高。在他当上了区域销售经理以后，他的好强之心驱使他不仅自己保持了这种学习精神，还要求他的下属也具备这种学习精神。

——**从领导那里学习**。Z 有一个好心态和好习惯，每当在工作中碰到问题时，他总是主动地找领导请教。由于他的谦虚好学，领导们都比较喜欢他，因在每一次求教时领导都能教他一些观点和方法，时间一久他的能力便得到了大幅度提升。除此之外，公司每月要召开一次销售会议，每次开会，不仅销售部的领导会全数出席和发言，有时公司总经理也会出席会议并讲话。每次开会时，Z 总是认真地听讲、认真地做笔记，事后认真地领悟会议上领导们的讲话，在听、记和领悟中，他意识到自己掌握到了不少新的知识和技能。

——**从同事的经验和教训中学习**。Z 有一个特点，他习惯于从勤奋、销售技巧、为人处世、销售理念和市场机会等多个维度来总结销售业绩好的销售人员的经验，同时也习惯于从这些维度来分析那些销售业绩不好的销售人员的教训。他认为这种分析他人工作经验和教训的方法可以帮助自己快速进步。在他当上区域销售经理及随后被提拔为销售部经理以后，他也总是用这种方式来帮助他的下属认识其身上的优点和不足，以至于他领导的团队不断进步，他个人的职务和在公司中的地位也因此水涨船高。

在以上这个想象出的例子中，那些曾经对 Z 的成长发生过积极影响的企业内部的同事和领导，在一定意义上讲都是他的老师。这个举例可以给我们两点启示：帮助员工学习与成长的方式是多种多样的，而我们的脑子中那种"专业"培训师擅长的培训只是其中的一种形式，而且不一定是最佳的员工学习形式；二是人人都可能成为培训师，培训师不一定要有光鲜的外在形象，不一定要会散装英语，不一定要会做游戏，不一定要会讲故事，不一定要有让人仰视的学历和工作背景。

本节核心观点

> 培训经理过多地关注培训艺术感的形式符号所代表的意义或安全时，企业便必然培养不出合格的内部培训师。

第二节　内部培训师的发展模式

本节将着重讨论企业应将什么人培养为内部培训师，这是发展内部培训师的基本思路问题。

当前情况下，大多数拥有内部培训师的企业采取的是专职培训师加骨干兼职做培训师的混合培训师发展模式。但实际上，内部培训师群体可以细分为三种基本类型：专职培训师模式、骨干兼职培训师模式、管理者即是培训师模式（见表7-2）。

表7-2　发展内部培训师的三种基本模式

模式类型	含义
专职培训师发展模式	企业拥有一位或数位专门担任特定员工培训教学任务的内部讲师
骨干兼职培训师发展模式	由一部分中基层管理者和后备管理人员在从事本职工作的同时兼负特定领域的员工培训教学任务
管理者即是培训师发展模式	企业中的全体管理人员既是管理者又是培训师，教学成为管理者实现管理目标的工作方式

每一种基本类型均适用于特定的企业。以下分别对这三种培训师发展模式进行介绍。其中，我们倾向于倡导员工素质良好的企业应考虑着重采取最后一种内部培训师发展模式。

◎专职培训师模式

是指企业拥有一位或数位专门担任特定员工培训教学任务的内部培训师。现实中，只有较少的企业单纯采取这一模式。

内部专职培训师通常是面向特定的人群讲授特定的课程。由于这类培训工作量较大，企业便设置专门人员负责培训教学工作。他们包括：

专事新员工培训的培训师　由于企业经常需要招聘大量的新员工，新员工在入职前需要经过种种培训，包括参观工厂、了解企业业务和产品、了解企业制度、了解企业文化等等，于是企业便配置专门的人员负责这方面的培训工作。在有的企业中，这方面的专职培训师还会专门负责特定岗位的新员工工作技能培训，如石油化工行业中的零售企业配备了专门负责培训加油站新进加油工的培训师。

专事销售终端人员培训的培训师　许多消费品领域的企业是通过专卖店、店中店、专柜的形式对外销售产品的，每一个终端销售网点都需要配备一定数量的促销或营业人员，而且几乎所有行业中企业的终端销售人员流动率都居高不下。当企业的终端销售网点数量足够多，或者发展新的终端销售网点的计划足够宏大，或者要经常大量地补充新的终端销售人员，并且企业对销售终端人员的素质和行为规范要求较高时，企业就可能设置专门的培训师来负责对终端销售人员进行培训，也包括对经销商的终端销售人员进行培训。培训的内容通常包括公司概况、公司文化和制度、产品知识、市场知识、顾客知识、礼仪知识、导购技巧、顾客关系维护、客户异议处理等等。

专事产品技术培训的培训师　当一个企业的产品在技术上或者在产品的使用方法上比较复杂，并且产品更新换代的速度较快，企业内部的销售者无法完全掌握或者无法较好地向特定的一线销售人员、用户、经销商讲解时，并且需要了解企业产品的一线销售人员、用户和经销商数量较多时，企业就可能会设置专门的培训师来负责产品相关知识的培训。

专事特定的管理原则、模式和方法复制的培训师　大型跨国公司往往配有较多的这类专职培训师。这类培训师的任务是把公司总部确定的管理原则、管理模式、管理方法面向分布在全球或某一大区域（如跨国公司经常使用的"大中华区"）的分支机构、合资或合作公司的特定的管理人员或专业人员进行传授。

除了上述四种类型的企业内部专职培训师以外，有一些大型企业还配备有专门负责向供应商传授生产技术的培训师，更多的大企业还配备有专门讲解社会责任知识的培训师。

专职培训师有两大来源：

一是企业内部指派人员担任，被指派者之前是在从事相关领域的工作，被领导相中后或者竞聘成功后便转岗成为了负责特定培训教学任务的培训师，这通常是那些中小企业常用的发展内部专职培训师的方式。

二是，对外招聘有特定领域的培训教学经验的培训师担任内部专职培训师，这通常是那些大企业尤其是跨国公司的选择。

◎骨干兼职培训师模式

这是一种最常见的模式，大多数拥有内部培训师的企业采取的就是这种模式。当然，采取这一模式的许多企业同时采取了上述专职培训师模式。

骨干兼职培训师模式的特点是，由一部分有讲课潜力和授课意愿的中基层管理者和后备管理人员在从事本职工作的同时兼负特定领域的员工培训教学任务。

企业发展骨干兼职培训师一般要经历以下五个主要步骤：

步骤一：明确选拔标准

在选拔的过程中，一般会首先确定选拔标准。一般来说，候选人员须具备相关领域的专业知识、开放的沟通心态、较强的语言表达能力、良好的职业素养、好为人师的性格特征。具体说来，培训师需要具有较为深厚的理论基础和较高的专业技术水平；在思想品德、工作业绩和工作作风等方面受到广大员工的认可和接受，从而避免员工对培训师可能产生的抵触情绪。同时，要求这类培训师是对企业有较为深入了解和把握的中高层以上管理人员或骨干；部分已经实施"专家"制度的企业，则通常会明确规定专家在内部培训工作中负有相应的责任和义务。此外，企业在明确选拔标准的基础上，还会制定相应的选拔程序和细则。

步骤二：动员报名

一件新鲜事物从酝酿到实施，再到最终被大部分人所接受，需要一个较长的时间。因此，企业在明确了选拔标准之后就会面向全体员工进行宣传，鼓励各部门积极推荐、员工踊跃报名。尤其会着重鼓励企业中高层管理人员、业务主管和部分学有所长的关键岗位员工、业务能手报名参加企业兼职培训师选拔。

步骤三：筛选和确定候选人

在报名结束后，企业会组织由公司领导、人力资源部门相关负责人、培训部门人员甚至还包括外部培训专家组成的评选专家组对报名者的资格逐一进行审查，并最终确定候选人。当然，也有相当多的中小企业会略过这一步骤而直接确定兼职培训师。

有的企业在这一环节除了会审核报名者的条件，还会模拟一个培训现场，让报名人上台进行一定时间和主题的演讲，以进一步观察他们做培训师的能力和潜质。

步骤四：培训候选人

大多数企业明白，一位管理者或骨干要想成为一名基本合格的培训师，需要经过专门的培训。因此几乎每一家企业在确定了兼职培训师人选后，会将这些人选送出去参加培训机构主办的 TTT（培训培训师）课程，或者请外部 TTT 课程的培训师来企业内部授课。

步骤五：正式聘用

严格说来，候选培训师经过 TTT 课程培训后，需要经过在企业内部试讲合格后才能被正式聘为兼职培训师。但大多数企业在聘任内部培训师时省略了这一环节。正式聘任内部培训师还应颁发聘任证书，比如有的企业会举行隆重的仪式，并由公司总经理亲自向受聘者颁发证书，与此同时公布相关聘期、职责和待遇等。当然，也有大量的中小企业在发展内部兼职培训师时连这一重要环节也省略了。

骨干兼职培训师模式面临的主要挑战有以下三个：

一是，骨干兼职培训师很容易出现兴趣消减。主要原因是，大多数兼职培训师在没有做培训之前对兼职培训充满兴趣，因为他们想当然地认为，做培训并不难，做培训不仅有助于提升自身的能力，还有助于个人的职业发展。但经过一段时间的培训实践后他们会发现，课程设计和课程讲授不是一件轻松的事情，需要耗费自己大量的时间和精力，而且还可能不被学习者"买账"。因而时间一久，特别是在一次或几次培训做得不成功后，他们对继续做培训师的兴趣就会大为降低。在组织对他们的激励措施又十分欠缺时，他们的兴趣消退得会更为迅速。

二是，当兼职培训师的教学任务与本职工作发生冲突时，几乎所有的兼职培训师都会优先满足本职工作，毕竟企业首先考核的是他们的本职工作业绩，而不是优先考核他们的培训业绩，特别是在兼职培训师的上司对他们从事兼职培训师工作不支持或不热心支持的情况下，这种表现尤其突出。当这种现象发生时，培训经理通常会感到束手无策，因此除非公司改变相关管理制度，否则别无他法能够解决这一问题。

三是，在骨干兼职培训师模式下，企业中只有少数管理者和专家人员被聘为兼职培训师，并且他们中大多数人的职位处于企业金字塔的中下部，企业的高层管理者通常或由于相关能力不足，或由于相关意愿不足，或由于工作实在太忙无法挤出时间讲课，而没有成为兼职培训师。这一现象一般会导致另一种不良现象的发生，即企业中的许多学习者会用挑剔的眼光来审视他们的培训形式和内容，人们会很自然地拿他们与外部商业培训师进行比较。这将极大地挫伤这些兼职培训师的信心，并且很容易导致兼职培训师模式的崩溃。

◎管理者即是培训师模式

越来越多的企业在努力建设学习型组织，学习型组织的一个基本特征是在组织的意志下全体员工以持续的热情投入持续的学习（下一章将对此作专门论述）。全员学习的一个重要前提是企业各级管理者（首先是企业领导）亲自教学。这一观点已经在国际一流公司中达成了共识，而最早创造出这一观点的被公认为是美国通用电气公司（GE）。

GE 的前任 CEO 杰克·韦尔奇曾提出了一个至今还为众多的决策者、管理者和研究者津津乐道的"要么第一，要么第二"原则。这一原则在

1995 年之前一直是通用电器恪守不移的圣经。但是在 1995 年，韦尔奇到当时 GE 的内部大学——克劳顿管理学院（后于 2001 年 9 月被更名为韦尔奇领导力发展中心）授课，当时参与学习的一群 GE 的中层经理向韦尔奇传递了一个令他感到震惊的信息：只求做冠亚军的观点正在制约 GE 的发展，GE 的领导层在赌博，而不是在努力抓住发展机会；由于公司领导只注重第一第二的位置，公司正在市场中画地为牢，已经失去了大量的发展机会。受到下属管理人员迎头痛击的韦尔奇的反应是进行反思。不久他修正了指令：如果通用电气的产品市场占有率低于 10% 就重新规划，规划之后将创意和动力集中于开发吸引顾客的新方法上来。韦尔奇后来承认，这种观念上的变化是 GE 在 20 世纪 90 年代后期保持两位数增长的主要驱动力之一。

这件事让韦尔奇感受到了在员工中间蕴藏的智慧和力量。大约自此时开始，韦尔奇更加频繁地亲自到克劳顿管理学院参与授课。在他担任 CEO 的 20 年中，克劳顿管理学院共举行了 280 次领导力课程，他每一次都亲自参加授课，每一次都要讲 2~6 个小时。只有一次例外，那一次他在住院，刚做完心脏搭桥手术。在他的垂范下，克劳顿管理学院越来越多地使用内部管理者教学，在学院担任教员的人 50% 来自 GE 的管理层。GE 认为，教授管理技能的最好方式就是由领导人授课，而不是请大学教授给领导人讲课，这样才能传播实际的经验和教训；对领导兼教授者来讲，分享知识和帮助他人是他们的工作方式。

可喜的是，已经有越来越多国内企业开始要求其管理者必须同时是合格的培训师。

广东飘影集团创办于 1996 年，是日化行业发展最迅猛的公司之一，该公司 80% 的培训课程是由公司内部的总监、经理们讲授的，并形成了固定的机制。公司总裁要求公司的每位总监级管理人员必须讲两门以上的课程，经理级管理人员必须讲一门以上的课程，人力资源总监必须讲十门以上的课程，人力资源经理必须讲五门以上的课程。这样，企业内部就有上百门课程。这些课程对公司来说更有针对性，都是工作中实际遇到的一些问题和案例。

管理者同时成为内部培训师至少有以下四大价值：

其一，管理的过程就是培训的过程。管理者是带团队达成目标的人，管理者在带团队的过程中，一定会涉及到如何教导、引导、辅导下属工作，包括如何引导下属中的部分人向另一部分人学习。这个过程既可以说是管理的过程，也完全可以说是培训的过程，而且是最贴近企业实际要求的培训过程。由于管理者本身事实上在承担一定的培训者角色，他们组织和传授知识与技能的能力便成为其必备的胜任能力之一。在一些企业中，组织上安排一部分管理人员"兼职"做培训师，往往会遭到管理人员的消极抵抗，这是因为他们不了解，他们的职务本身要求他们成为培训师。

其二，管理者同时作为培训师有助于管理者个人的学习与成长。这意味着管理者必须有计划地学习更多的知识和技能，以便更好地帮助下属员工建立工作观念和工作能力。在这个过程中，管理者自身将快速地得到进步。此外，由于管理培训在企业中将越来越经常化、日常化，管理者只有具备培训师的能力才能更好地带领团队完成组织交给的工作任务，也只有出色地完成了组织交给的工作任务，管理者才会有更好的职业发展前景，不能同时作为培训师的管理者的个人职业发展空间正在快速收窄。

其三，管理者同时作为培训师，将有助于激发员工的学习积极性。许多管理者会经常抱怨其下属不爱学习，然而自古至今，上行下效是所有组织的共同特征。如果一个组织中的大多数成员都不爱学习，恰恰说明这个组织的领导者是不爱学习的。如果组织的领导者自身爱好学习，其组织的成员大都也会对学习充满兴趣。我们想要说的是，在企业各部门的管理者为了成为"合格"的培训师而努力学习时，他们便为他们的下属树立了标杆；当管理者成为了其下属的学习标杆时，其所在的组织和组织中的每一个个体都会因之而进步。

其四，管理者向其下属人员所传授的知识和技能往往更贴近企业的实际需要。管理者同时作为培训师，他们的知识可能不如外部培训师那样"丰富"，他们可能不如外部培训师那样有高超的培训"技巧"，但他们所传授的知识和技能往往更切合企业对员工的要求。起码他们不会不着边际地宣讲与企业工作没有任何关系的内容，他们讲授的内容不会引起学习者对企业的不满。此外，他们了解每一位受训人员，因而所讲授的内容更具针对性。

让管理者同时作为内部培训师是企业建设学习型组织的客观需要，更是管理者实现职务的现实需要。采取管理者即是培训师模式，在实践中一定会碰到种种问题，但只要企业愿意做，尤其在决策者有坚定推行意志的情况下，所有相关问题都是能够得到逐步解决的。

本节核心观点

> 内部培训师发展有三种基本模式：专职培训师模式、骨干兼职培训师模式、管理者即是培训师模式。

第三节　内部培训师的培养方法

许多人认为，做培训师需要有天赋。我们则认为，成为一名"娱乐明星式的培训师"的确可能需要某种天资，比如要有近乎疯狂的自信，比如要有表演的天赋等等。但企业在本质上并不需要娱乐明星式的培训师，而且所有的管理人员，经过一定的学习和训练，都是可能成为培训师的。

打造内部培训师团队应是一项战略任务，而不应是一个临时性或权宜性的工作。企业追求速成的心情可以理解，但并不现实。内部培训师的成长一般要经历表 7-3 所述的三个阶段：入门训练阶段、实战锻炼阶段、持续训练阶段。每一个阶段都需要导入相应的训练方法和管理措施。鉴于每一个拥有内部培训师的企业在此方面都有经验，本节仅对这三个阶段所涉及的内容作简要介绍。

表 7-3　内部培训师成长的三个阶段

阶　段	方　法
1. 入门训练	对遴选出来的内部培训师进行必要的培训技能训练，使之初步具备授课能力
2. 实战锻炼	让内部培训师经常有授课机会，并且需要导入必要的管理措施
3. 持续训练	采取一定的措施，促使内部培训师不断提升专业知识和培训技能

◎ 入门训练

这一阶段是要把那些从未正式讲授课程的内部培训师送上讲台。所有旨在推广自己的 TTT 课程的培训师或培训公司都在建议企业开办 TTT 课程来培训内部培训师。这一建议有其实用的一面，但并不全面。我们认为，把完全没有讲过课的人送上讲台，需要采取四种综合措施：安排专业 TTT 课程、安排观摩学习、安排标杆模仿、安排试讲和点评。下面逐一介绍。

1. 安排专业 TTT 课程

通常的做法是，在需要培训的人数较多的情况下请外部 TTT 课程的培训师到企业内部做培训，在需要训练的人数较少的情况下将他们送出去参加外部培训机构主办的 TTT 课程。

由于大量的企业都有训练内部培训师的需求，近年来讲授这类课程的培训师和培训机构越来越多，有相当多的对培训并没有太深理解的机构和个人也推出了 TTT 课程，这就使得 TTT 课程也存在良莠不齐或目珠共存的现象。也就是说，企业在作出选择时需要睁大眼睛，否则可能会"误己子弟"。真正专业的 TTT 课程应包括图 7-1 所述的四大模块。那些在内容结构上安排混乱的 TTT 课程大纲或者课程大纲中使用了大量感性用语的宣传资料背后一定是一个并不真正专门的培训师和培训机构。

模块一：组织学习的特点	模块二：培训师的基本要求
●组织学习的背景知识 ●成人学习的特点 ●教育和培训的区别 ●企业培训的一般知识……	●培训师的角色认知 ●专业知识要求 ●培训技能要求 ●专业形象要求……
模块三：课程开发与设计	**模块四：培训技巧与练习**
●课程开发的流程 ●课程大纲的规划与编写 ●培训内容的合理安排 ●PPT/PDF的制作……	●开场与破冰 ●呈现策略与技巧 ●发音与表达 ●控场技巧……

图 7-1　专业 TTT 课程内容构成

还应注意：同是 TTT 课程，有的培训公司是以课堂教学与练习为主，有的培训公司是把课堂教学与课后辅导练习结合起来进行的。淘课的 TTT 课程（又称"企业学习'金种子'计划"），更是采取了"双师教学"制，即一位授课老师和一位辅导老师全程参与教学，培训师在辅导师的协助下重点解决课堂上的教学和练习问题，辅导师在培训师的指导下重点解决学习者课后的练习和通关问题。不同方式下的培训效果应该是可以想见的。

2. 安排观摩学习

这种训练方式包括两种方法：一是组织观摩优秀培训师的非 TTT 课程的视频光盘，一是观摩外部培训师的非 TTT 类课程。

购买不同的培训师出版的培训光盘，组织内部培训师观看，可使他们从他人的培训方式中领悟到培训的技巧。要使这种方式产生较好的效果，组织者在每一次组织内部培训师收看他人的培训视频时，要为每一位受训者准备一张评估表，评估表上的评估项目应包括以下主要方面：培训师的职业形象、培训师的语言功底、PPT 制作、课程内容的系统性和逻辑性、课程内容的实用性、培训师运用培训工具的技巧、培训师与学员之间的互动技巧等等。每看完一个培训师的培训视频，要求收看者对照评估表的项目对该培训师及其课程进行评估。随后，让每一位收视者发表和解释自己的评估结果。需要注意的是，收看这类课程视频，1 次不宜超过 4 小时，其中收看视频的时间不超过 2 小时，讨论的时间不超过 2 小时。此外，参加这类活动的内部培训师以一次不超过 12 人为效果最好，否则在讨论时很难做到让每个人都有机会充分发表自己的观后感。

组织内部培训师观摩外部培训师现场授课的意义和方法大致与上相同。不同之处在于，这类连续观摩的时间与外部培训师的课程长度一致，评估和讨论分多次在课间进行，事后一定要有组织地回顾与分享。

3. 安排标杆模仿

这也是一种训练内部培训师的有效方式，就是让不同的内部培训师各自选择自己所喜欢的培训师，模仿他们的课程内容和授课风格。

现实中有许多商业培训师就是采取这种方法自我训练出来的。他们的通常做法是，在众多的商业培训师中找到一位自己最喜欢的培训师，反复听他的课程或收看他们的视频，记下所有的内容与形式，随后进行模仿。在模仿的过程中加进自己的内容和风格，于是他们便很快在培训市场打开了局面。这种方法毫无疑问值得培训经理在训练内部培训师时借鉴。

4. 安排试讲和点评

仅仅在 TTT 训练过程中让学习者上台"秀"那么几次，是不足以把一位从来没有讲过课的人送上讲台的，只有事后让他们反复地试讲，才能让他们真正地找到做培训师的"感觉"。实践显示，在他们试讲的过程中，给予他们以专业的点评，将有助于他们的快速成长。

你不一定要请外部的培训师或辅导师来参与内部培训师的试讲与点评。在当事人的课程准备完毕后，培训经理完全可以自主进行此项训练。我们的建议是：一位从来没有做过培训的管理者，需要经过 10 次以上的试讲才可以正式让他上讲台。这一建议所基于的思考与经验是：培训师在没有经过千锤百炼就上台讲课的情况下，很可能会把课"讲砸"，一次课程"讲砸"了，可能他们便再也没有信心继续讲课了，其他人也很可能不再对他有信心了。许多企业在训练内部培训师方面都犯有"急性病"，让培训师上台"秀"过一两次便急于把他们推上讲台，结果可想而知。

◎实战锻炼

内部培训师在完成了入门训练后毫无疑问就将进入实际讲课阶段。但请注意：在此我们用的是"实战锻炼"，而不是用"正式讲课"。这是因为，一个培训师在经过入门训练后，并不意味着已经成为合格的培训师了。成为一位合格的培训师还需要经历实际授课中的千锤百炼。

这一点说起来大家都明白，但许多企业却很难做到。因为，经过了入门训练的培训师正式上台授课时，表现不会很好，有的甚至会很差。在这种情况下，如果企业将其视为锻炼的过程，就会原谅他们，就会鼓励他们（给他们足够的肯定、掌声和赞许）。如果把他们视为正式讲课，那么一旦"讲砸"了，也就基本否定了他们的能力。

需要特别指出的是：好的培训师是讲出来的，而不是全靠训练出来的；在实战练习中一定程度的失败在所难免，千万不要对他们失望，相信他们，他们才能让你相信；我们的经验显示，一位合格的培训师至少需要经过 30 次的实战锻炼。

我们倡导培训经理们在内部培训师实战锻炼阶段应遵循六项原则：给他们安排更多的授课机会，为他们营造较好的授课环境，相信他们能够成为合格的培训师，课后给他们以掌声和祝贺，及时肯定他们的点滴进步，尊重个人风格，不吹毛求疵（参见图 7-2）。

图 7-2　训练内部培训师的六项原则

◎持续训练

内部培训师正式上台讲课以后，并不意味着对他们的培养已经结束。要想使他们成为优秀的培训师，还需要让他们接受持续训练。

这一阶段的训练频率不一定要很高，但应该经常有训练活动。该阶段的训练活动不仅是为了进一步提升内部培训师的相关能力，而且也是为了体现公司或培训部门对他们工作的重视和成长的关心。

有组织的训练方式可以是多种多样的，图 7-3 显示的只是四种可供选择的方法：TTT 专项进修、创建关键技能、专题学习活动、专题工作研究。前两种方法是用以进一步提升他们的培训技能的，后两种方法是用以进一步提升他们的专业知识和技能的。下面逐一简略介绍。

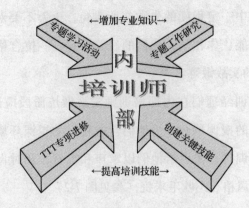

图 7-3　持续训练内部培训师的四种方法

1. TTT 专项进修

内部培训师在入门训练阶段已经学习了 TTT 课程，为什么还需要进修 TTT 呢？这是因为入门阶段的 TTT 课程只是普及性的培训技能训练。由于学习内容多、时间短，并且学习者此前不懂培训，不可能吃得透，充其量只能了解和掌握其轮廓和部分要点。而要成为一位优秀的培训师，不仅需要完全掌握一般 TTT 课程的所有知识点，还应做到活学活用。第三阶段的 TTT 专项进修就是用以解决这一问题的。所谓 TTT 专项进修，不是说第二次或第三次全面学习一个完整的普及版本的 TTT 课程，而是一个模块、一个模块地深度学习和掌握 TTT 课程的内容。

2. 创建关键技能

是指鼓励内部培训师根据自身的特点或偏好，选择或创造最适合自己的培训套路或风格。如果内部培训师能够做到这一点，意味着他们已经成长为一位成熟的培训师了。

留心观察你会发现，现实中的每一个优秀的培训师都有自己的授课套路或风格。有的培训师擅长讲授，有的培训师擅长提出和回应学员问题，有的培训师擅长"挖坑"让学员往里面跳，有的培训师擅长用通俗的故事阐述深邃的道理等等，这就是授课套路或风格。一般说来，一位培训师会倾向于一种套路或风格。一位培训师究竟适合于什么授课套路或风格要依据他的个性特点、知识面、思维特点、表达能力、价值取向来决定。

在实践上，培训经理应该组织内部培训师来完成这项活动，而不是仅仅让内部培训师们自己私下里给自己定位。如果培训经理自己不能指导培训师作出有效选择，可以请真正的外部培训专家来参与指导。

3. 专题学习活动

是指经常组织内部培训师参加特定形式和内容的读书活动、培训活动、观察学习活动、研讨式学习活动，目的是增加他们的知识面。

知识更新换代的速度越来越快，新概念、新方法层出不穷，如果内部培训师不能做到与时俱进，他们便不可能成为优秀的培训师（管理者）。通过有组织地让他们学习新的知识，不仅可以增加他们的知识面，也能体现组织对他们的关怀。

4. 专题工作研究

主要是指让内部培训师针对教学课程所涉及的工作进行研究，使他们能够真正成为特定工作领域的专家，他们只有真正地成为特定领域的专家，他们讲授的课程才能真正解决问题。

专题工作研究有两个方面：一是深入分析和了解本企业特定工作领域全部现状和问题，二是了解同类企业中其他企业的相关经验和做法。比如，一位讲授《终端销售人员的职业素养》课程的内部培训师，不仅应该全面了解本企业终端销售人员的现状、工作中存在的问题、问题存在的原因，还应该知道同行业的企业或者先进的企业终端销售人员的现状和这些企业对其终端销售人员的管理方法等等。只有这样，他讲授的《终端销售人员职业素养》课程才可能做到直击要害。

组织内部培训师进行专项工作研究，需要培训经理做到三点：一是为内部培训师争取从事研究工作所需的时间；二是协调公司内部关系，以便内部培训师能够顺畅地开展调查研究工作；三是向公司争取相关资源，以便让内部培训师能够外出参观、交流和学习。

> **本节核心观点**
>
> 内部培训师的成长一般要经历三个阶段：入门训练阶段、实战锻炼阶段、持续训练阶段。

第四节　运用四项激励策略

严格说来，上两节论及的内部培训师的发展模式和培养方法都具有一定的管理激励性质：前者说明公司看重他们的能力，后者意味着他们的职业发展机会将因之而增加。但是，要想内部培训师能够真正担负起发展学习型组织的作用，特别是当培训教学工作被认为是管理者兼负的任务时，如何让内部培训师增加教学的热情，是许多企业、培训部门和培训经理关心的问题。本节将对这一问题展开必要的讨论。

出于篇幅的考虑，本节指出的内部培训师激励策略仅限于图 7-4 所示的四项内容：与职业发展挂钩，营造良好的成长环境，采取物质激励措施，采取精神激励措施。

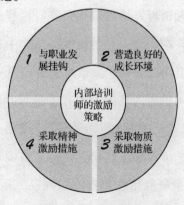

图 7-4　对内部培训师的四项激励策略

◎与职业发展挂钩

与职业发展挂钩的激励策略需要考虑与回答以下三个方面的问题：

- 是否把培训能力作为所有管理者任职的必备能力？
- 是否把培训能力作为管理者职务晋升的重要指标？
- 是否对培训师进行资格等级评定，并使之享受与特定管理职务相等的待遇和地位？

在这方面，培训经理所能做的应是尽早与公司管理层进行讨论，并推动他们作出有利于内部培训师健康成长的决策。

◎营造良好的成长环境

建议从以下四个层面来采取措施，以营造内部培训成长的良好环境：

- 公司领导高度重视培训师的学习与成长，并亲自出席他们的讲授活动；
- 在全公司范围内营造尊师重教的学习氛围，并努力使员工的学习心态趋于平实；
- 安排他们利用工作时间进行特定管理和培训项目的调查研究；
- 采取一定的教学质量保障措施来保证他们的教学质量。

在此方面，培训经理要做的还是积极推动。能否实现，关键还是要看公司领导的作为。但是必须强调指出的是：培训经理推动了，公司领导不作为是一回事；培训经理不推动又是另一回事。

◎采取物质激励措施

对内部培训师的物质激励可考虑采取以下三项措施：

- 提供课酬：每课时 50～150 元；

● 提供旅游机会：定期组织培训师旅游活动；

● 提供培训机会：安排多样的旨在提高培训师专业知识和授课技巧的培训活动。

同前述两大激励策略一样，在此方面，培训经理要做的依然是积极推动。

◎采取精神激励措施

与前述三大激励策略均需要有公司领导的积极作为不同，这一策略培训经理基本上是可以自主操作的。我们相信，有许多内部培训师会更为看重以下精神方面的激励：

● 以隆重的仪式授予公司最高领导签发的荣誉或资格证书；

● 在内部宣传媒体上刊发照片和事迹，培训总结报告体现他们的贡献；

● 每一次培训活动后，直线部门致函感谢。

本节核心观点

内部培训师的激励应包括四项内容：与职业发展挂钩，营造良好的成长环境，采取物质激励措施，采取精神激励措施。

自我开发练习

请写下您阅读本章的感想：

请写下您想要与本书作者沟通的问题：

第八章
学习型组织的实践路径

几乎所有一定规模以上的企业都在梦想成为学习型组织，尽管人们对这一概念还是一知半解。这一企业界的普遍渴望对培训经理们来说无疑是百年一遇的职业发展机会，即如果他们愿意并有能力来推动企业学习型组织的发展，则他们必将成为令人尊敬和羡慕的新时代职场宠儿。

本章目录

☆　学习型组织的概念与含义

☆　学习型组织的两块基石

☆　实践"结果导向的个人学习"

☆　实践"结果导向的组织学习"

　　本章将围绕如何建设学习型组织的议题而展开讨论，最终将推导性地提出，基于"结果导向的个人学习"和基于"结果导向的组织学习"将是推进学习型组织建设与发展的实践方法和路径。本章旨在启发培训经理朋友们对相关问题作出建设性思考和创造性实践。

第一节　学习型组织的概念与含义

美国麻省理工学院佛瑞斯特教授是一位杰出的技术专家，是 20 世纪 50 年代早期世界第一台通用电脑"旋风"创制小组的领导者。他开创的系统动力学是认识系统问题和解决系统问题的交叉综合学科。1956 年，佛瑞斯特以他在自动控制中学到的信息反馈原理研究通用电气公司的存货问题时有了惊人的发现，从此致力于研究企业内部各种信息与决策所形成的互动结构究竟是如何影响各项活动的，并回过头来影响决策本身的起伏变化的形态。佛瑞斯特既不作预测，也不单看趋势，而是深入地思考复杂变化背后的本质——整体动态运作的基本机制。他提出的系统动力学与目前自然科学中最新发展的混沌理论和复杂理论所阐述的概念，在某些方面具有相通之处。1965 年，他发表了一篇题为《企业的新设计》的论文，运用系统动力学原理，非常具体地构想出了未来企业组织的理想形态——层次扁平化、组织信息化、结构开放化，员工关系逐渐由从属关系转向工作伙伴、不断学习、不断重新调整结构的关系发展。这被一部分学界人士认为是关于学习型企业的最初构想。

彼得·圣吉则是公认的学习型组织理论的奠基人。他是佛瑞斯特的学生，一直致力于研究以系统动力学为基础的更理想的组织形态。圣吉 1970 年在斯坦福大学获得航空及太空工程学士学位后，进入麻省理工学院斯隆管理学院攻读博士学位，师从佛瑞斯特，融会研究系统动力学与组织学习、创造理论、认识科学等，从而发展出了一种全新的组织概念。随后，他用了近十年时间对数千家企业进行研究和案例分析，于 1990 年完成其代表作《第五项修炼》。他指出现代企业所欠缺的就是系统思考的能力。系统思考是一种整体动态的搭配能力，缺乏它许多组织便无法有效学习。组织之所以缺乏系统思考能力，是因为组织分工负责的方式被组织切割了，使人们的行动与其在时空上相距较远。当不需要为自己的行动结果负责时，人们就无法有效地学习。

《第五项修炼》一书的出版，使得学习型组织作为一种新的企业管理思想在全球范围内备受推崇。它被人们自觉不自觉地放大成了一套使传统企业转变成学习型企业的方法，这套方法可以使企业避免"夭折"和"短寿"。

然而，由于有太多的组织还没有弄清楚学习型组织是怎么回事就全盘接纳了它，以至于在建设学习型组织的过程中不可避免地碰到种种问题。面对建设学习型组织实践过程中碰到的大量问题，又有人站出来怀疑甚至于批判学习型组织的理论与实践价值。

现在我们来简要地介绍学习型组织的概念含义并综述人们的相关怀疑与批判言论，已经了解这方面内容的读者可以跳过这一节而直接阅读下一节的内容。

◎学习型组织的含义

大多数人对于学习型组织的理解，主要是直接或间接来源于《第五项修炼》一书提出的五项修炼：

建立共同愿景　愿景可以凝聚公司上下的意志力，通过组织共识，大家努力的方向一致，个人乐于奉献和为组织目标而奋斗。

团队学习　团队智慧应大于个人智慧的平均值。因此应通过正确的组织决策，并通过集体思考和分析，找出个人弱点，强化团队向心力。

改变心智模式　组织的障碍多来自于个人的旧思维，例如固执己见、本位主义，唯有通过团队学习，以及标杆学习，才能改变心智模式，只有改变心智模式，才能有所创新和不断进取。

自我超越　个人有意愿投入工作，愿意把工作做得又专又精。个人愿景实现需要有"创造性"，因而创造性是自我超越的来源。

系统思考　应通过资讯搜集，掌握事件的全貌，以避免见树不见林，培养综观全局的思考能力，看清问题的本质，有助于清楚地了解因果关系。

但是，彼得·圣吉自己却曾表示：没有人真正理解什么是学习型组织，甚至包括他自己，每个人对学习型组织的描绘只是有限程度的近似。

基于以上理解，人们进一步诠释了学习型组织应具备的特征：

组织成员拥有一个共同的愿景　组织的共同愿景来源于员工个人的愿景而又高于个人的愿景。它是组织中所有员工共同愿望的景象，是他们的共同理想。它能使不同个性的人凝聚在一起，朝着组织共同的目标前进。

组织由多个创造性团体组成　在学习型组织中，团体是最基本的学习单位，团体本身应理解为彼此需要他人配合的一群人。组织的所有目标都是直接或间接地通过团体的努力来达到的。

善于不断学习　这是学习型组织的本质特征。所谓"善于不断学习"，主要有四点含义：一是强调"终身学习"。即组织中的成员均应养成终身学习的习惯，这样才能形成组织良好的学习气氛，促使其成员在工作中不断学习。二是强调"全员学习"。即企业决策层、管理层、操作层都要全心投入学习，尤其是经营决策和管理层，他们是决定企业发展方向和命运的重要阶层，因而更需要学习。三是强调"全过程学习"。即学习必须贯彻于组织系统运行的整个过程之中。四是强调"团体学习"。即不但重视个人学习和个人智力的开发，更强调组织成员的合作学习和群体智力（组织智力）的开发。

扁平式结构　传统的企业组织通常是金字塔式的，学习型组织的组织结构则是扁平的。它尽最大可能将决策权向组织结构的下层转移，让最下层单位拥有充分的自主权，并对产生的结果负责，从而形成扁平化组织结构。

自主管理 使组织成员能一边工作一边学习并使工作和学习紧密结合。通过自主管理，可由组织成员自己发现工作中的问题，自己选择伙伴组成团队，自己选定改革、进取的目标，自己进行现状调查，自己分析原因，自己制定对策，自己组织实施，自己检查效果，自己评定总结。团队成员在"自主管理"的过程中，能形成共同愿景，能以开放求实的心态互相切磋，不断学习新知识，不断进行创新，从而增加组织快速应变、创造未来的能量。

组织的边界被重新界定 学习型组织边界的界定，建立在组织要素与外部环境要素互动关系的基础上，这超越了传统的根据职能或部门划分的"法定"边界。

员工家庭与事业的平衡 努力使员工丰富的家庭生活与充实的工作学习相得益彰，对员工承诺支持每位员工充分的自我发展，而员工也以承诺对组织的发展尽心尽力作为回报。这样，个人与组织的界限将变得模糊，工作与家庭之间的界限也将逐渐消失，两者之间的冲突也必将大为减少，从而提高员工家庭生活的质量（满意的家庭关系、良好的子女教育和健全的天伦之乐），达到家庭与事业之间的平衡。

领导者的新角色 领导者是设计师、仆人和教师。领导者的设计工作是一个对组织要素进行整合的过程，他不只是设计组织的结构、策略和政策，更重要的是设计组织发展的基本理念；领导者的仆人角色表现在他对实现愿景的使命感，他自觉地接受愿景的召唤；领导者作为教师的首要任务是界定真实情况，协助人们对真实情况进行正确、深刻的把握，提高他们对组织系统的了解能力，促进每个人的学习。

◎相关怀疑和批评言论

由于没有人对如何建立学习型组织给出明确的路径和方法，于是近年来随着学习型组织被广大企业和其他组织所推崇，一部分冷静的人士通过分析发现了学习型组织概念下的许多问题。于是他们对人们"盲目"推崇和实践学习型组织的行为给予了合理的怀疑和中肯的批评。以下是对相关观点的综述。

1. 学习型组织是无确切定义的概念

有两种力量重新激起了人们对学习型组织的兴趣：一是各种组织对变革的需要，二是人们越来越意识到，知识是一种存在于组织内部而并未得到充分利用的资源。彼得·圣吉提出的学习型组织的五项标志，对处于激烈市场竞争中的企业具有很大的诱惑力，于是关于学习型组织的各种定义也应运而生。但实际上他本人在《第五项修炼》中并未给学习型组织下一个严格的定义，也没有在现实中找到学习型组织的明确典范。在不断升温的创建学习型组织热潮的背景下，为数不少的学习型组织概念只是语言和文字的游戏，或是受其启发后的丰富联想，而不是反映其真正的客观状态。

2. 学习型组织的概念被"泛化"了

从理论研究角度来看，学习型组织的内涵从最早的"组织学习"逐步扩展到知识管理、组织行为学、人力资源管理、社会心理学、信息技术等领域。其内涵不断扩大，内容越发庞杂。虽然这种倾向可能有利于学习型组织理论体系的完善，但是不免增加了导致学习型组织成为一个无所不包的"大熔炉"的危险，从而使其失去鲜明的特色，也就失去了持久的生命力。"泛化"倾向在实践领域的普遍表现是泛用概念，将其范围肆意地延展。林林总总的"学习型××"分属于不同范畴的组织，存在显著的特性差异，却硬要用同一套理论去套用。另一方面，现在越来越多的教育培训、企业文化建设、战略规划与业务流程优化、信息技术应用，甚至研讨会、学习班等都被贴上"学习型组织"的标签。当每一项活动都被作为学习型组织的重要内容时，那么很难想象学习型组织将会是一番什么景象。

3. 学习绝不是组织的目标

学习型组织的概念一经提出与推广，许多人禁不住感叹其所描绘的美妙前景与产生的神奇功效，希望很快将自己的组织变成学习型组织，并简单地以为它的建立是一件立竿见影的事情。学习型组织更应视为是一种引发持续性学习过程的发展性力量，它的作用是长期的、渐进式的。任何组织绝不能仅把学习作为学习型组织的目标，它只是建立学习型组织的手段。

◎我们的观点

我们以为，学习型组织之所以被全球范围内的企业几乎不假思索地推崇，有其简单而又深邃的时代背景原因，即经济全球化浪潮和以互联网为基础的知识经济的快速发展，使得传统的企业生存与发展方式受到了极大的冲击或越来越趋于无效，在这种情况下人们一致地意识到，只有善于学习和变革才能保证组织在未来立于不败之地，进而人们又认识到，在企业竞相学习的背景下，只有那些更快速和更善于学习的企业才能保证领先。于是，学习被认为是新的历史条件下的企业生存与发展的基本方式之一。

然而，在广大的企业出于相似或不尽相同的原因，声称要把自己建设成学习型组织时，他们还来不及思考究竟什么是学习型组织。在没有人就企业如何建设学习型组织给出定义和方法之前，企业便竞相已经采取行动了。我们进一步地以为，这反映出的并不是草率，而是出于合情合理的急切——建立学习型组织刻不容缓——因为它来自于人们的直觉：世界变化得太快了，容不得你把一切问题搞清楚后再行动，而应是在行动中思索行动本身出现的问题。

面对有人对大多数企业急切地进行学习型组织实践中出现的问题所

发出的怀疑甚至责难声，我们的反应是比较平和的：不是学习型组织概念本身存在问题，而是人们还没有找到清晰的建设学习型组织的路径和方法，在这种情况下，不同的组织和个人为了证明自己的观点或行为的"正当性"便通过"自由发挥"而"自圆其说"了。换言之，只要清晰地定义了建设学习型组织的路径和方法，则学习型组织的概念便不会再飘浮于空中而令人怀疑了。

本节核心观点

> 　　建立学习型组织刻不容缓——世界变化得太快了，容不得你把一切问题搞清楚后再行动，而应是在行动中思索行动本身出现的问题。

第二节　学习型组织的两块基石

　　本节将要提出，以"结果导向的个人学习"和以"结果导向的组织学习"将是学习型组织建设与发展的两块基石，也将是解决"学习型组织"概念飘浮于空中而不能落地的理论方法和实践路径。我们将这一观点放到本书的最后一章提出，所基于的考虑是，这一观点与前面章节中的有关企业培训的部分观点可能存在一定的概念冲突，而我们之所以能够容忍冲突的存在，是因为我们现在探讨的问题尚处在理论的创想阶段，虽然它具有某种程度的"革命性"，但毕竟需要实践来验证。

　　本书第一章概述的企业知识和技能的四个来源（个人经验与学习、个人创造与传播、组织经验与学习、组织创造与传播），回答了企业已有的知识和技能是怎么得来的，而我们现在正在讨论的企业如何建设学习型组织的问题，实际上要探索的是企业如何持续地有效学习。

对此我们认为，既然企业的知识和技能无不来源于四个途径，企业如何才能持续地有效学习也就只能从这四个途径来寻找。寻找的结果将必然是：持续地推动个人学习与创造、持续地推动组织学习与创造。

这里出现了两个问题。一是创造也是学习吗？显然，过去我们都没有把个人和组织创造业绩和解决问题的过程视为学习的过程，但事实上创造是最好的学习过程。起码有两点不容置疑的理由：① 创造是个人和组织的新知识和新技能的重要来源。当个人和组织在没有学习外部知识和技能的情况下通过主观努力也创造了新的业绩和解决了新的问题时，便意味着获得了新的知识和技能，正因为获得了新知识和新技能才创造了业绩和解决了问题。② 我们在本书第一章中便已表述过，通过创造而获得的知识和技能更为可靠，更难超越，比如当一个销售人员通过自我的悟性找到了一种开发客户的新方法，那么这种新方法不仅会深深刻于他的大脑之中，成为他销售行为的一部分，而且他可能是同类销售人员中唯一掌握此技能的人。基于以上两点，我们说创造的过程也是学习的过程。因此，下文我们所说的基于"结果导向的学习"，既包括学习外部的新知识和新技能，也包括自己创造新知识和新技能。

另一个问题是，既然所有的企业一直都是通过个人维度和组织维度的学习与创造而获得新知识和新技能的，我们把个人学习与创造和组织学习与创造提升到学习型组织建设的高度又有什么理论依据呢？我们对此所作的解释是，在企业过去的学习行为中，无论是个人维度的学习与创造，还是组织维度的学习与创造都可称之为"过程导向的学习"，而学习型组织概念下的个人学习与创造和组织学习与创造应该是"结果导向的学习"，二者的区别如表8所示。

表8　"过程导向的学习"与"结果导向的学习"的区别

项　　目	过程导向的学习	结果导向的学习
学习的目的	掌握新知识和技能或者无目的	创造业绩、解决问题
学习的方式选择	以学习内容和方式为导向	以创造业绩和解决问题为导向
学习的地点	以学习场所为中心	以工作场所为中心
学习的参与者	有组织的推动与员工自主相结合	全部是有组织的推动

由表8可以看出，衡量企业学习属于过程导向还是结果导向，有四项衡量指标：学习的目的、学习的方式选择、学习的地点和学习的参与者。

过程导向的学习目的是为了掌握新知识和新技能，或者根本就没有明确的目的（如无处不在的个人学习，参见第一章的相关论述），而结果导向的学习目的是为了创造更优的业绩或为了解决特定的问题。

过程导向的学习方式是以学习内容为导向的，即学习内容规定应该怎么学习，就采取怎样的学习方式，而结果导向的学习是以创造业绩和解决问题为导向的，即怎么有助于创造更优的业绩和更好地解决问题，就采取怎样的学习方式。

过程导向的学习是以学习地点为中心的学习，即学习是在学习的场所进行的，而结果导向的学习是以工作地点为中心的学习，即学习的场所就是工作场所或者是工作场所的外延。

过程导向的学习是组织推动和员工自主学习相结合的，并且员工自主学习的比重大于有组织的学习，而结果导向的学习则完全由组织所推动和主导。

在"结果导向的学习"的概念下，衡量学习是否有效，可以不去评判学习者是否掌握了特定的知识和技能，以及是否将所学知识和技能应用到了工作之中，只要评判学习者是否在围绕创造业绩和解决问题而进行学习，以及学习之后创造了什么业绩或解决了什么问题即可。在这一概念下，推动学习型组织建设与发展的要点在于，通过一定的组织干预措施，让所有的个人和团队均基于不断地创造新业绩和解决新问题而不断学习与成长。

下面，我们通过分析来说明企业推行"结果导向的个人学习"和"结果导向的组织学习"的意义和一般实践路径。

正如我们在本书第一章和第七章已经论述的那样，员工的个人学习和创造行为一直存在，并且是企业知识和技能的重要来源。但是，即便在企业意识到员工学习越来越重要的今天，也很少有企业在有目标和有计划地引导和管理员工的个人学习和创造行为，这不能不说是一个极大的遗憾。我们认为，无论企业是否意识到员工个人学习与创造的价值，是否倡导员工个人学习与创造，员工都还将继续地进行个人学习与创造，并且员工个人的学习和创造行为还将继续增加企业的知识和技能。我们对此所持的观点是，如果企业善于采取积极的措施干扰或影响员工的学习与创造行为，则员工的个人学习和创造行为必将极大地增加企业的知识和技能，它将是企业学习型组织的根基之一。

图8是同时可适用于"结果导向的个人学习"和"结果导向的组织学习"的一般实践路径。

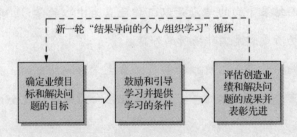

图8　结果导向的学习路径

在这个路径图中，有三个循环往复的步骤，每一步都是企业有组织地干扰或影响员工学习和创造行为的过程，目的都是为了使员工以结果为导向来展开持续学习：

第一步是确定业绩目标和解决问题的目标

在个人和组织有了明确的被充分认同的业绩目标和解决问题的目标之后，即便企业并不组织学习活动，为了实现既定的目标，个人和团队也会努力学习和创造。

第二步是鼓励和引导学习并提供学习的条件

在个人和团队有了明确的结果导向的学习目标之后，他们是否了解学习的重要性，是否懂得学习，这会成为一个问题。这时就需要企业以有效的方式鼓励和引导他们学习，并建立有助于他们学习的各种条件。

第三步是评估创造业绩和解决问题的成果，并对先进个人和团队予以表彰

在这个步骤中，衡量个人和团队学习是否有效，不是去评估学习者是否掌握了特定的知识和技能，以及是否将所学知识和技能应用到了工作之中，而是评估学习者是否在围绕创造业绩和解决问题而进行学习，以及究竟创造了什么业绩或解决了什么问题。那些创造了最佳业绩成果和解决了关键问题的个人和团队就是进行了最有效的学习的个人和团队。企业应对这样的个人和团队进行表彰，以此激励大家以更大的热情投入到持续的结果导向的学习活动中来。

下文我们将分两节来分别指出企业培训经理应如何通过主导"结果导向的个人学习"和"结果导向的组织学习"来推动企业学习型组织的建设与发展。

需指出的是，由于相关观点是首次提出，还来不及在现实中找到样板（我们希望与有愿意成为这方面样板的企业进行创造性合作以验证和修正相关理论），因而当前阶段我们给出的仅仅是用以丰富"学习型组织"这一既有概念内涵的理论性的思维，其意义将不在于是否可以照搬到实践当中去，而在于启示培训经理朋友们进行创造性思考，也是在组织学习理论方面的抛砖引玉。

> **本节核心观点**
>
> "结果导向的个人学习"和"结果导向的组织学习"是学习型组织建设与发展的两块基石。

第三节　实践"结果导向的个人学习"

企业实践"结果导向的个人学习"需要遵循以下七个步骤：

- 达成共识

- 分析现状

- 制订计划

- 执行计划

- 树立标杆

- 正面激励

- 总结提高

这也是我们提出的"结果导向的个人学习"的实践框架。以下逐一论述。

◎达成共识

这一步骤要求培训经理通过一定的方式让公司管理层尤其是高层领导了解员工个人学习与创造行为的客观存在，并产生干预或影响员工个人学习与创造行为的意志。

让公司管理层了解员工个人学习与创造行为的客观存在的有效途径，可以是通过一定的方式让他们了解本书第一章的相关观点。如果培训经理能够向管理层举出一定数量的本企业员工个人学习与创造的案例，将更容易让管理层信服企业的知识和技能如何与员工个人学习与创造紧密相关。

让管理层产生有组织地干预或影响员工个人学习与创造行为的意志，还需要培训经理通过一定的方式让管理层充分理解员工的个人学习和创造行为在无组织状态下进行对企业的损失有多么重大，如果对其加以引导对企业发展和员工个人成长具有多么重要的意义和价值。最好能够列举一些采集于本企业的案例。

一般说来，培训经理只有在自己充分认同上述观点的前提下，他们才可能发动这项活动。当然，公司管理层通过其他途径产生了干预或影响员工个人学习和创造行为的意志，然后要求培训经理执行，也是有可能的。

◎分析现状

在公司管理层认同了培训经理的观点，并产生了要有组织地干预或影响员工个人学习和创造行为的意志后，培训经理就可以开始着手对本企业的员工个人学习与创造行为现状进行调研了。当然，培训经理也可以在没有进行上一步骤的工作（达成共识）之前就进行这项工作，因为分析现状的结论将更有助于公司管理层建立相关认识和产生相关意志。

这一步骤的分析是要获取四个方面的数据：员工通过个人学习获得与工作相关的知识和技能的方式；每位员工平均每周/每天通过个人学习的方式获得与工作相关的知识和技能的时间；员工通过个人学习的方式获得与工作相关的知识和技能的动因；员工通过个人学习的方式获得与工作相关的知识和技能的经济价值。以下是相关方法运用：

学习方式　引导调查对象列出所有涉及的个人学习方式。培训经理可以事前列出全部可能的个人学习方式让调查对象作出选择。此项调查还可以分析哪些个人学习方式采用得较为普遍。

学习时间　让调查对象估计出每天通过个人学习的方式获得与工作

相关的知识和技能的大约的时间量。此项调查还可以估计出员工在使用时间上的潜力。

学习动因　让调查对象回答他们是在什么情况下通过个人学习的方式获得与工作相关的知识和技能的。一般可分为"有问题需要解决情况下的主动学习"、"无问题需要解决情况下的被动学习"、"有目的的学习"、"无目的的学习"等。此项调查还可以用于进一步分析在企业有干预的情况下，员工个人学习意识和行为可能发生的变化。

经济价值　是指通过一定的方法计算出员工通过个人学习的方式获得与工作相关的知识和技能给企业带来的成本节约，以及公司降低学习成本的潜力。这项估值需要首先对员工通过企业组织的培训活动来获得工作相关知识和技能时企业需要的投入金额进行估算或假设，之后便可以轻易计算出员工通过个人学习的方式获得与工作相关的知识和技能给企业带来的成本节约，以及在企业干预的情况下员工增加个人学习时间将可以为企业带来的成本节约额。

通过以上四项内容的调查和分析，培训经理便对企业员工的个人学习现状和潜力有了一个全面和基本的了解。这是有效地进行下一个工作步骤的前提。

◎制订计划

这一步骤要回答的是：本企业将采取哪些方式来引导和促使员工通过个人学习的方式获得与工作相关的知识和技能。这是培训经理需要向管理层交待的工作，也是培训经理用以指导自身干预或影响员工个人学习行为的行动纲领。

一份有效的员工个人学习干预计划应包括四大方面的内容：目标、措施、步骤和预算。

目标设置　这是组织在员工个人学习方面的干预意志最直接和具体

的体现。具体要明确设置三个方面的目标：使特定的员工通过个人学习的方式获得与工作相关的知识和技能的增加或达到多少，这一目标要用具体的数字体现；使特定的员工通过个人学习的方式获得与工作相关的知识和技能的增加或达到的驱动力增加到什么程度，这一目标只作定性处理；使特定的员工通过个人学习的方式获得与工作相关的知识和技能为公司节省多少成本，这一目标也需要用具体的数据体现。一般说来，当上一步骤的现状分析是有效的，设置前述三项目标就不太难了。

制定措施 就是回答采取什么措施来达到上述目标。一般说来，可采取的措施主要有以下四类：一是，通过职业规划培训和指导，使特定的员工正确定义个人的职业发展目标，从而激发他们的个人学习意愿和行为。二是，通过一定的方式适度地增加员工的工作目标压力，并引导他们通过个人学习的方式自行寻找实现目标的方法。三是，通过创造形式多样的学习机会来引导和促使员工学习，可资利用的学习方式包括：电子化学习、游戏学习、移动学习、标杆学习、会议学习、学习社团、读书读报活动、知识竞赛、网上问答、合理化建议、专家咨询、观摩学习、问题研讨等等。四是，通过形式多样和内容有一定诱惑力的个人学习奖励计划来吸引员工学习。

行动步骤 就是回答何时做什么。具体是指培训经理就如何干预员工个人学习行为提供一份时间表，这个时间表所列内容不能超越或遗漏实现目标的措施部分的内容。在实践上，有的培训经理可能会把行动步骤与实现目标的措施放在一起呈现。这不是大问题。

活动预算 是指明确回答按照上述步骤、措施实现上述目标公司需要投入的经费。这一点不需要细说，培训经理们都知道怎么做。

◎执行计划

这一步骤就是组织既定计划的执行。同大多数计划在执行过程中会有所变化一样，干预员工个人学习与创造行为的活动计划在执行过程中也会因为各种各样的原因而发生变化。在此要提请培训经理们注意的是，面对可能有的变化，应尽量保证那些可以体现培训部门工作业绩的内容得到保留和执行。

◎树立标杆

就是把活动中涌现的先进个人树立为标兵，用以激励其他员工学习与创造。需要特别指出，这里所说的标兵不是指"个人学习积极分子"，而是指"创造了显著工作成果的人"。

通过有组织地干预员工个人学习行为的目的不是为了学习本身，而是为了使员工更高效地工作。衡量员工是否通过个人学习增加了知识和技能，并从而提高了工作效率的最终标准是他们创造了什么业绩。这也是我们之所以提出"结果导向的个人学习"概念的原因。

可能有很多种方法可以用来衡量员工个人创造的成果。这里仅提供一种方法，就是将那些部门和团队中业绩最佳（可以包括业绩增长最快）的员工挑选出来，研究他们业绩突出的原因。通常，突出的业绩背后必有原因，原因之一就是业绩突出的员工的个人心态和技能与业绩差的员工不一样。继续研究将必然会进一步发现，业绩突出的员工的心态和技能之所以不一样是因为他们学习或创造了新的工作或思维方法。培训经理将那些业绩突出的员工身上发生的导致其业绩领先的工作和学习方法挖掘出来以后，就可以把其中一部分业绩特别突出且其工作或思维方法可用以向其他员工推广的员工作为标杆了。

对树立为标杆的员工，培训经理应认真挖掘其学习和创造经验，并将他们获取业绩的过程以各种有效的方式进行推广，以引导其他员工积极地投入到个人学习与创造活动中来。

◎正面激励

就是给予上一步骤中已经被树立为标杆的员工以适当的物质和精神奖励。由于树立标杆通常是在年度计划执行的过程中进行的，而奖励先进通常要到年终才能进行。因此，我们将其分为两个步骤来处理。

◎总结提高

这是"结果导向的个人学习"实践框架的最后一个步骤。在这个步骤中，培训经理要回答以下四个问题：一是，过去一年采取了哪些有组织地干预员工个人学习与创造行为的措施。二是，采取前述干预措施之后，员工在个人学习方式、投入的时间、学习的动力、工作业绩方面取得了哪些具体成果，以及这些成果对未来公司的发展有什么积极影响。三是，在过程中暴露出了哪些问题以及存在哪些工作失当的地方。四是，对未来一年有组织地干预员工个人学习与创造行为的目标和方法的基本设想。

本节核心观点

实践"结果导向的个人学习"的七个步骤：达成共识、分析现状、制订计划、执行计划、树立标杆、正面激励、总结提高。

第四节　实践"结果导向的组织学习"

企业实践"结果导向的组织学习"需要遵循以下六个步骤：

- 达成共识

- 确认目标

- 安排学习

- 推动创造

- 促进共享

- 总结提高

这也是我们提出的"结果导向的组织学习"的实践框架。

需要特别指出的是，在前述"结果导向的个人学习"实践框架中，只要培训经理与管理层达成了共识，并让公司领导认可了自己提交的有组织地干预个人学习与创造行为的工作计划，随后各步骤中的大量工作培训经理是可以自主推进的。与此形成鲜明区别的是，在"结果导向的组织学习"实践框架中，几乎所有的相关活动都需要培训经理与管理层密切合作才能完成，这就大大增加了实践的难度。对此我们只能作这样的解释：建立完全意义上的学习型组织，需要公司管理层的共识和共行，而不应只是培训经理拥有热情，这要求培训经理们在努力与管理层达成共识之前就让管理层明白这一点。

◎达成共识

是指培训经理通过一定的方式和技巧影响公司管理层，使他们了解和认可推动组织学习与创造的意义与必要性，并产生相应的意志。培训经理只有得到了管理层的相关支持，才可能全面推动这方面的工作进程。相似的观点我们在本章上一节讨论"结果导向的个人学习"实践框架的第一步骤时已经有了较多的论述，不再重述。

◎确认目标

培训经理在与公司管理层就推动组织学习和创造活动的意义和必要性达成共识以后，接下来要做的第一件事就是收集和确认公司在一个周期内（通常指一年）各层级的主要目标。目标的背后是公司各层级人员首先是管理层成员的创造意志——他们决心要创造的业绩和解决的问题。通常，绝大多数目标都有挑战性，即需要努力才能完成，因此"努力"就是创造的意志所在。

一个公司的目标可分为公司整体的目标、部门的目标、工作团队的目标、个人的工作目标。通常，公司整体的目标包括，产销量、赢利率、市场占有率、顾客满意度、新产品开发、开展新业务、组织与人员发展等等。部门的目标通常由公司的目标分解而来，如某公司生产部门的年度目标一般会涉及到生产量、生产工艺改造目标、质量目标、成本控制目标、生产效率目标、组织和人员发展目标等等。工作团队的目标是指部门之下的班组所设立的工作目标，它通常是由部门目标分解而得来的。个人目标通常是对部门或工作团队目标的分解，如某一销售人员全年要完成的销售业绩，各销售人员的全年业绩目标之和要求大于和等于部门业绩总目标。

培训经理在收集公司各层级的年度工作目标时，一定要关注关键目标。因为，目标可能存在许多种和许多层，并且每一种和每一层的目标都可能被分解得十分细致，在这种情况下，如果不加区分，很可能陷入困惑。有效的办法是首先关注各层级管理者优先关注的 3~5 个目标，它们就是主要或关键的目标。

需要特别指出的是，如果一个公司并没有意愿或没有能力制订出相对明确的年度工作目标，那说明在这个公司中暂不宜推行"结果导向的组织学习"计划。因为，在这种情况下，培训经理根本无法进行随后各步骤的工作。

◎安排学习

在收集确认了公司各层级的年度关键工作目标之后，接下来培训经理就要与相关目标负责人（管理层成员）讨论实现目标的压力所在，解决压力的途径与方法所在，并且探索与确认哪些问题需要通过有组织的培训与学习来解决，以及对公司全年有组织的培训与学习作出计划并按计划组织实施。

本书的第三、第四和第五章提供的大量思路和方法可用于完成这一步骤的工作，故在此不赘述。

◎推动创造

这一步骤将是"结果导向的组织学习"实践框架的六个步骤中最为关键的活动之一，它的难度最大，但如果做好了也将最为出彩，并且能够具体地体现结果导向的组织学习为什么比传统的企业培训更具意义与价值。

我们需要通过模拟一种情境来阐明相关观点。假定某公司领导与其销售部门经理达成了一项共识，即要在本年度使公司的销售同比增长50%。这一目标虽然为销售部门经理所接受，但他和他的团队所有的人都感受到了巨大的业绩压力，在压力之下销售部门产生了学习新的销售知识和技能的需求。培训经理为了满足销售部门的培训需求，便与销售部门经理商定为销售人员安排为期六天的集中培训计划，培训课程包括《销售策略与计划拟定》2 天、《销售技巧提升》2 天、《大客户开发与管理》2 天。问题由此出现了：是不是有了这连续 6 天的培训活动，销售部门人员的业绩压力就会减轻，或者说就能保证年度销售额同比增长 50% 呢？当然不大可能是这样。在这种情况下，培训经理要想通过培训帮助销售部门实现销售目标，还需要采取一定的方法让销售部门的人员具有创造意识和行为。因为只有具备创造意识和行为，才可能创造业绩或达成既定目标，而这里的创造意识和行为指的就是创造性地将培训获得的知识和技能导入到实际工作中去。以下是培训经理可用以推动销售部门人员具备创造意识和行为的四个步骤：

第一步：与公司分管销售工作的领导合作，要求销售部门、部门内各工作团队和每一位销售人员作出明确的保证销售目标实现的具体可行的行动计划，行动计划中包括培训所学知识和技能的应用。

第二步：与分管销售工作的公司领导（必要时请真正有经验的外部营销专家参与）合作组织销售会议，对销售部门的各层级人员的行动计划进行审议，并敦促修改，直到全部通过。

第三步：与分管销售工作的公司领导合作，要求销售部门每月填报一次《销售及销售管理业绩突出的个人情况报表》。报表应体现这些先进个人的具体业绩贡献和进步幅度，并详细分析和说明是采取了哪些新的方法而导致了业绩的进步。

第四步，对销售部门每月提交的报表进行综合分析，找出业绩突出的个人创造的成果背后所采取的新方法。这些新方法就是组织通过学习创造的新知识与新技能，是值得组织珍视和继承的。

上述推动销售人员创造的四个步骤是建立在连续对销售人员进行了6天的集中培训之后这一假定基础之上的。实践中，即便不安排这6天的集中培训也可以运用这四个步骤来观察员工创造的成果，培训活动也可以安排在观察的过程中进行，也就是说获取员工创造的业绩、知识和技能的过程，并不一定要与每一次具体的培训课程直接挂钩。

◎促进共享

是指在企业内部搭建多种有助于员工沟通与学习的平台，包括上下级之间、部门之间、部门内部各工作团队之间、跨部门的员工之间的沟通与学习平台。这种沟通与学习的平台既可以是实体性质的，也可以是虚拟性质的；既可以是有严格组织的，也可以是松散的临时性群体活动；既可以是以某一个内部媒体作为节点，也可以是人和人之间的无序联络与沟通。这类企业内部知识共享的经验散见于大量的书刊和网络上，培训经理们任意搜索即可得到，故不专门介绍。

需要指出两点：一是，培训经理应当把上一步骤收集到的员工创造的业绩、知识和技能的成果信息及时通过合适的传播途径让公司的全体员工分享。二是，在内部建立知识共享平台的目的是为了员工通过更多方式和内容的学习来更好地创造业绩、知识和技能，因而它在培训经理的职责范围之内。

◎总结提高

培训经理每年年终应对当年公司采取"结果导向的组织学习"的行为和成果进行一次全面总结。总结报告应包括四项主要内容：取得的成果、建议的内容、存在的问题、来年的构想。

取得的成果　详细描述在当年采取了哪些措施，并取得了哪些业绩、知识和技能成果。

建议的内容　需要在此部分陈述两项主要内容：一是说明和敦促公司领导关注的那些已经成为组织经验的知识和技能成果，并建议公司领导责成有关部门将这些经验成果写进管理文件之中，以便有组织地将这些成果继承下去。比如，如果在当年某一销售人员创造的成果中有一项"每周给A类客户打两次问候电话"证明是促使其业绩增长的重要方法，那么就应建议公司领导敦促销售部门将这一方法写进销售人员工作手册之中，成为组织要求每一个销售人员使用的维护客户关系、促进销售增长的方法。二是，除建议公司对那些因为创造或应用了新的知识和技能而创造了突出业绩的团队和个人给予必要的奖励之外，还应在"学习与成长"名义下给予适当的物质和精神奖励，目的是激励更多的团队和员工通过学习与创造产出更佳的业绩。

存在的问题　说明本年度在"结果导向的组织学习"活动过程中暴露出的问题或工作中存在的失误，目的是建立管理层对培训部门的信任：让他们知道培训部门已经对相关工作进行了符合实情的反思，并存在强烈的要把工作做得更好的意愿。

来年的构想 说明基于上述取得的成果、存在的问题，培训部门大致计划在新的一年里将怎样进一步推动"结果导向的组织学习"，并且说明要达到的目标。这项内容对培训部门未来开展工作有十分积极的意义。通常，公司领导无法设想出每一个工作团队在新的一年当中应该具体做什么、怎么做、达到什么目标。他们无不希望工作团队自己先提出构想，然后基于工作团队的构想再提出自己的建议、意见或要求。因此，这项内容既是培训部门在职责上应该思考的，也是培训部门取悦于管理层的技巧。特别需要提示的是，培训部门可以借这项内容，来呈现自己对组织学习的看法和观点，即便某些看法和观点最终并不为领导所采纳，也会对领导的思维构成一定程度的影响。

本节核心观点

实践"结果导向的组织学习"六个步骤：达成共识、确认目标、安排学习、推动创造、促进共享、总结提高。

自我开发练习

请写下您阅读本章的感想：

请写下您想要与本书作者沟通的问题：

参 考 文 献

[1] 珍妮特·沃斯, 戈登·德莱顿. 学习的革命 [M]. 顾瑞荣, 译. 上海: 三联书店, 1998.

[2] 彼得·圣吉. 第五项修炼 [M]. 郭进隆, 译. 北京: 三联书店, 1998.

[3] 斯蒂芬 P 罗宾斯. 组织行为学 [M]. 孙健敏, 李原, 译. 北京: 中国人民大学出版社, 2001.

[4] 托尼·布雷. 培训设计手册 [M]. 陈光, 董明明, 等译. 北京: 中国劳动社会保障出版社, 2010.

[5] 东尼·博赞. 启动大脑 [M]. 丁叶然, 译. 北京: 中信出版社, 2009.

[6] 梅里尔·哈明. 教学的革命 [M]. 罗德荣, 译. 北京: 宇航出版社, 2002.

[7] 杰里 W 吉雷. 组织学习、绩效与变革 [M]. 康青, 译. 北京: 中国人民大学出版社, 2001.

[8] 杰克 J 菲利普斯. 寻找急性收益 [M]. 龙琴, 江涛, 译. 北京: 人民邮电出版社, 2004.

[9] 谢晋宇. 人力资源开发概论 [M]. 北京: 清华大学出版社, 2005.

[10] 谌新发. 员工培训成本收益分析 [M]. 广州: 广东经济出版社, 2005.

[11] 杨蓉. 人力资源管理 [M]. 大连: 东北财经大学出版社, 2005.

[12] 石金涛. 培训与开发 [M]. 北京: 中国人民大学出版社, 2002.

[13] 陈全明. 培训管理 [M]. 深圳: 海天出版社, 2002.

[14] 金延平. 人员培训与开发 [M]. 大连: 东北财经大学出版社, 2010.

[15] 王世英, 吴能全, 闫晓珍. 培训革命 [M]. 北京: 机械工业出版社, 2008.

[16] 王成, 王月, 陈澄波. 从培训到学习 [M]. 北京: 机械工业出版社, 2010.

[17] 刘超. 企业如何建立培训中心 [M]. 北京: 机械工业出版社, 2009.

[18] 唐继光, 刘怀忠. 企业培训师教程 [M]. 北京: 北京大学出版社, 2008.

[19] 朴愚. 人力资源制度范例与解析 [M]. 北京: 电子工业出版社, 2007.

[20] 朱春雷. 学习路径图 [M]. 南京: 南京大学出版社, 2010.